CB043842

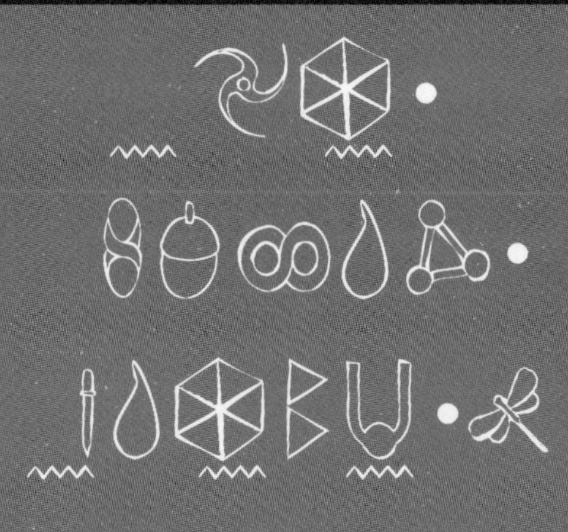

ESTE LIVRO PERTENCE A:

OBRAS DO AUTOR PUBLICADAS PELA RECORD

Artemis Fowl: o menino prodígio do crime
Artemis Fowl: uma aventura no Ártico
Artemis Fowl: o código eterno
Artemis Fowl: a vingança de Opala
Artemis Fowl: a colônia perdida
Artemis Fowl: o complexo de Atlântida
Artemis Fowl: o paradoxo do tempo
Artemis Fowl: o último guardião
Arquivo Artemis Fowl
Colin Cosmo e os supernaturalistas

Para jovens leitores

Pânico na biblioteca
Pânico no navio

EOIN COLFER

nasceu e foi criado em Wexford, cidade litorânea no sudeste da Irlanda. Começou a escrever peças ainda muito cedo, obrigando seus infelizes colegas de turma a se vestir de vikings arruaceiros quando eles teriam preferido estar na rua fazendo arruaças de verdade.

Intimidado pelo encorajamento constante da família, Eoin continuou a escrever depois de adulto. Seu primeiro romance, *Benny and Omar*, tornou-se um best seller na Irlanda, e *Artemis Fowl*, seu primeiro livro com o brilhante e jovem anti-herói, virou imediatamente um best seller internacional. Foi indicado para o prêmio Whitbread de Livro Infantil do Ano e ganhou o WHSmith de Livro Infantil do Ano no voto popular e o de Livro Infantil do Ano do British Books Awards. A série Artemis Fowl já está na sexta aventura.

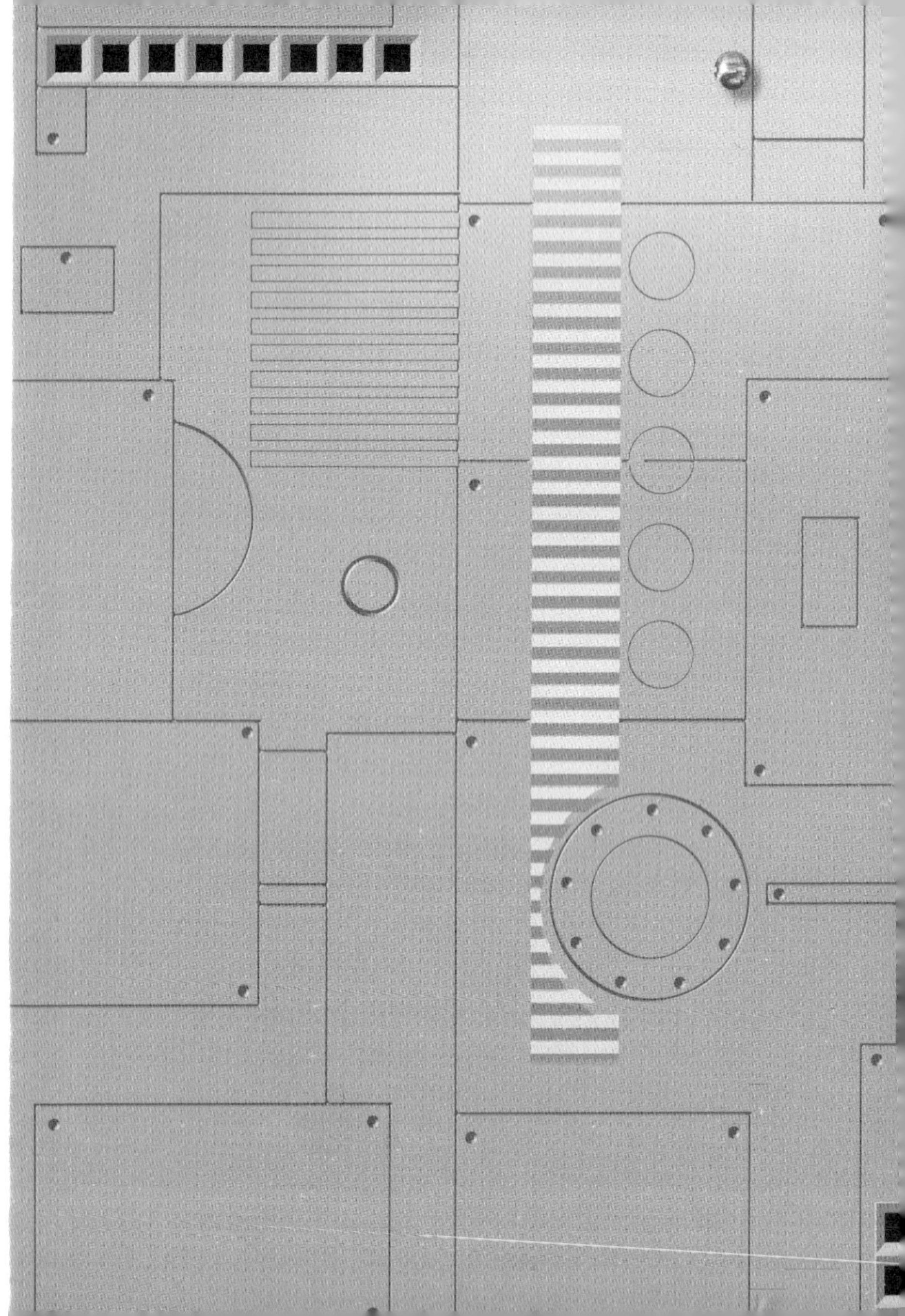

EOIN COLFER

ARQUIVO ARTEMIS FOWL

3ª EDIÇÃO

Rio de Janeiro | 2014

CIP-Brasil. Catalogação na fonte
Sindicato Nacional dos Editores de Livros, RJ.

Colfer, Eoin
C658p Arquivo Artemis Fowl / Eoin Colfer; tradução de Alves
3ª ed. Calado. – 3ª ed. – Rio de Janeiro: Record, 2014.
il.;

Tradução de: The Artemis Fowl Files
ISBN 978-85-01-07245-0

1.Literatura infantojuvenil. I. Alves, Calado. II. Título.

05-2460 CDD – 028.5
CDU – 087.5

Título original inglês:
THE ARTEMIS FOWL FILES

Tradução: Alves Calado

Ilustrações de miolo: Tony Fleetwood, 2004

Texto revisado segundo o Novo Acordo Ortográfico da Língua Portuguesa

Direitos exclusivos de publicação em língua portuguesa para o Brasil adquiridos pela
EDITORA RECORD LTDA.
Rua Argentina, 171 — Rio de Janeiro, RJ — 20921-380 — Tel.: 2585-2000

Impresso na Índia

ISBN 978-85-01-07245-0

Para Finn. O melhor amigo de Artemis

SUMÁRIO

A capitã Holly Short é conhecida por todos no Povo como um dos membros do esquadrão LEPrecon. Mas o trabalho da jovem e ousada elfo nem sempre foi tão empolgante. Como todos os policiais de reconhecimento, começou a carreira trabalhando no trânsito. Esta é a história de sua iniciação como capitã de reconhecimento e de como se tornou a primeira policial a servir sob as ordens do comandante Julius Raiz.

LEPRECON

CAPÍTULO 1: E UMA ARANHA SURGIU

Porto de Sydney. Austrália

— O problema da dor, major Sempreverde — disse o velho elfo colocando uma pequena caixa de madeira sobre a mesa —, é que ela dói.

Sempreverde ainda estava grogue demais para piadas. O que quer que o estranho tivesse posto no dardo estava demorando a sair de seu organismo.

— O que você...? O que eu...? — As frases inteiras não vinham. Ele não conseguia arrancar nenhuma do cérebro aturdido.

— Quieto, major — alertou o sequestrador. — Não lute contra o soro. Ele vai deixá-lo doente.

— Soro? — arfou o major.

— Um preparado muito pessoal. Como não tenho mais minha magia, precisei contar com os dons da natureza. Este soro específico é feito de partes iguais de flor de Ping Ping amassada e veneno de cobra. Não é fatal em doses pequenas, mas é um sedativo bastante eficaz.

Agora o medo estava rasgando o atordoamento do oficial da LEP, como um ferro quente atravessando a neve.

— Quem é você?

Uma careta infantil torceu o rosto velho do estranho.

— Pode me chamar de capitão. Não me reconhece, major? De antes de hoje? Leve a mente de volta aos seus primeiros anos na LEP. Faz séculos, eu sei, mas tente. O Povo das Fadas costuma achar que pode me esquecer por completo. Mas eu nunca estou longe, nunca estou realmente longe.

O major queria dizer sim, reconheço você, mas algo lhe sugeria que mentir seria ainda mais perigoso do que dizer a verdade. E a verdade era que não conseguia se lembrar de já ter visto aquele elfo idoso. Pelo menos até hoje, quando ele o havia atacado no cais. Sempreverde tinha rastreado um sinal de gnomo fugitivo até este barracão, e a próxima coisa que percebeu foi o velho elfo acertando-o com uma arma de seringa e pedindo para ser chamado de capitão. E agora ele estava amarrado a uma cadeira, ouvindo um sermão sobre dor.

O velho elfo abriu dois fechos de latão da caixa e levantou a tampa com reverência. O major Sempreverde pôde vislumbrar o forro de veludo. Vermelho como sangue.

— Agora, meu garoto, preciso de informações. Informações que só um major da LEP teria.

O capitão tirou uma sacola de couro de dentro da caixa. Havia outra caixa dentro da sacola, com as bordas pressionando o couro.

A respiração de Sempreverde saía em arfadas curtas.

— Não vou dizer nada.

O velho elfo desamarrou a sacola de couro com uma das mãos. A caixa reluziu dentro da sacola, lançando um brilho débil sobre a palidez do velho elfo. As rugas em volta dos olhos ganharam sombras profundas. Os olhos em si pareceram febris.

— Agora, major. O momento da verdade. Hora da pergunta.

— Faça um favor a si mesmo e feche a sacola, capitão — disse o major Sempreverde, com mais bravata do que sentia. — Eu sou da LEP: o senhor não pode me fazer mal e achar que vai escapar.

O capitão suspirou.

— Não posso fechar a sacola. O que há dentro dela anseia por sair, ficar livre e fazer seu trabalho. E não pense que alguém virá salvá-lo. Eu interferi no seu capacete e mandei uma mensagem indicando defeito. O pessoal da Delegacia Plaza acha que seu equipamento de comunicação pifou. Ninguém vai se preocupar durante horas.

O velho elfo tirou um objeto de aço da bolsa de couro. Era uma gaiola de arame, e dentro havia uma minúscula aranha prateada com garras tão pontiagudas que as extremidades pareciam desaparecer. Ele ergueu a gaiola diante do nariz de Sempreverde. Dentro, a aranha agitou as garras num frenesi faminto, a dois centímetros do nariz do major.

— Afiadas o suficiente para cortar o ar — disse o capitão. E de fato as garras pareciam deixar rasgos onde quer que passassem.

O mero ato de revelar a aranha pareceu mudar o velho elfo. Agora tinha poder e parecia mais alto. Pontos vermelhos brilhavam em seus olhos, mesmo não havendo qualquer fonte de luz no barracão. Os franzidos de um antigo uniforme de gala da LEP podiam ser notados por baixo do sobretudo.

— Agora, meu jovem elfo, vou perguntar apenas uma vez. Responda imediatamente ou sinta minha fúria.

O major Sempreverde tremeu de medo e frio, mas manteve a boca bem fechada.

O capitão roçou o queixo do major com sua gaiola.

— Bom, a pergunta é a seguinte: onde fica o próximo local de iniciação da Recon, estabelecido pelo comandante Raiz?

O major piscou para tirar o suor dos olhos.

— Local de iniciação? Honestamente, não sei. Sou novo no esquadrão.

O capitão segurou a gaiola mais perto ainda do rosto de Sempreverde. A aranha prateada saltou para a frente, arranhando a bochecha do major.

— O local escolhido por Julius! — rosnou o capitão. — Diga logo!

— Não — respondeu o major, com os dentes trincados. — O senhor não vai me fazer falar.

A voz do capitão ficou aguda de loucura.

— Está vendo como eu vivo? No mundo humano, envelheço.

O pobre major Sempreverde se preparou para a morte. Toda essa missão tinha sido uma armadilha.

— Julius me expulsou de Porto — bramiu o capitão. — Me pôs para fora como um traidor comum. Me exilou para essa fossa fétida do mundo humano. Quando ele trouxer o próximo cabo para ser iniciado, eu estarei esperando. Com alguns velhos amigos. Se não podemos ter Porto, teremos nossa vingança.

O capitão controlou sua exaltação. Já havia falado demais e o tempo estava contra ele. Precisava terminar com isso.

— Você veio aqui procurar um gnomo desaparecido: não havia nenhum gnomo. Nós manipulamos as imagens de satélite para capturar um oficial da LEP. Esperei dois anos até Julius mandar um major.

Fazia sentido. Só um major saberia os locais das iniciações da LEP.

— E agora que eu o tenho você dirá o que preciso saber.

O velho elfo apertou o nariz do major Sempreverde até ele ser obrigado a respirar pela boca. Num átimo o capitão encostou a gaiola de metal entre os dentes de Sempreverde e abriu a portinhola. A aranha de prata desceu pela goela do jovem elfo num borrão brilhante.

O capitão jogou a gaiola de lado.

— Agora, major, você está morto.

Sempreverde teve um espasmo quando as garras da aranha começaram a trabalhar na mucosa de seu estômago.

— A sensação é ruim: os ferimentos internos sempre doem mais — comentou o velho elfo. — Sua magia vai curá-lo por um tempo. Mas dentro de minutos seu poder vai se esvair, e então meu bichinho de estimação abrirá caminho com as garras até o exterior.

Sempreverde sabia que era verdade. A aranha era uma Azul Túnel. A criatura usava as garras como dentes, esmagando a carne antes de sugá-la entre as gengivas. Seu método predileto de destruição era de dentro para fora. Um ninho daqueles pequenos monstros podia derrubar um troll. Uma era mais do que suficiente para matar um elfo.

— Posso ajudá-lo — disse o capitão. — Se você concordar em me ajudar.

Sempreverde ofegou de dor. Sempre que a aranha usava as garras, a magia curava o ferimento, mas a cura já estava ficando mais lenta.

— Não. Não vai conseguir nada comigo.

— Ótimo. Você morre e eu pergunto ao próximo oficial que eles mandarem. Claro que ele também pode se recusar a cooperar. Ah, bem, eu tenho um monte de aranhas.

Sempreverde tentou pensar. Tinha de sair daquilo vivo, alertar o comandante. E só havia um modo de fazer isso.

— Muito bem. Mate a aranha.

O capitão segurou o queixo de Sempreverde.

— Primeiro a resposta. Onde será a próxima iniciação? E não minta, porque eu saberei.

— Nas ilhas Tern — disse o major, gemendo.

O rosto do velho elfo luziu de triunfo demente.

— Eu conheço. Quando?

Sempreverde murmurou as palavras, envergonhado.

— Daqui a uma semana.

O capitão deu um tapinha no ombro do prisioneiro.

— Muito bem. Você fez uma escolha sensata. Sem dúvida esperando sobreviver a este sofrimento e avisar ao meu irmão.

Uma sensação de alarme atravessou a dor de Sempreverde. Irmão? Aquele era o irmão do comandante Raiz? Ele tinha ouvido a história; todo mundo tinha.

O capitão sorriu.

— Agora você conhece o meu segredo. Sou o desonrado capitão Viravolta Raiz. Julius caçou o próprio irmão. Agora vou caçá-lo.

Sempreverde se encolheu quando uma dezena de minúsculos rasgos se abriram em seu estômago.

— Mate o inseto — implorou.

O capitão segurou o queixo de Sempreverde e pegou um pequeno frasco no bolso.

— Ah, ótimo. Mas não pense que vai avisar a alguém. Havia um amnésico no dardo que eu lhe dei: dentro de cinco minutos todo este incidente será um sonho flutuando além de sua capacidade de apreendê-lo.

O capitão Raiz abriu o frasco e Sempreverde ficou aliviado ao sentir o aroma pungente de café forte. A Azul Túnel era uma criatura hiperativa, muito bem ajustada, com o coração funcionando no limite. Quando entrasse em sua corrente sanguínea, o café dispararia um ataque cardíaco fatal.

Viravolta Raiz jogou a bebida escaldante pela garganta de Sempreverde. O major engasgou, mas a engoliu. Passados alguns segundos, a aranha começou a se sacudir em seu estômago, depois a atividade maligna cessou.

Sempreverde suspirou aliviado, em seguida fechou os olhos, concentrando-se no que tinha acontecido.

— Ah, muito bom — riu o capitão Raiz. — Você está tentando reforçar as memórias para que possam ser trazidas de volta através de hipnose. Eu não me incomodaria com isso. O que eu lhe dei não é exatamente um produto comum. Você terá sorte se conseguir lembrar qual é a cor do céu.

Sempreverde baixou a cabeça. Tinha traído seu comandante. Julius Raiz cairia numa armadilha nas ilhas Tern. Um local que ele havia revelado.

Viravolta fechou o sobretudo, escondendo o uniforme por baixo.

— Adeus, major. E obrigado pela ajuda. Talvez você ache difícil se concentrar por um tempo, mas,

quando sua consciência voltar, essas amarras devem ter se dissolvido.

O capitão Raiz abriu a porta do barracão e saiu para a noite. Sempreverde observou-o ir e um instante depois não poderia ter jurado que o capitão estivera ali.

CAPÍTULO 2: PEIXE FORA D'ÁGUA

Bulevar dos Reis. Cidade do Porto. Elementos de Baixo.
Uma semana depois...

A CABO Holly Short estava cuidando do tráfego no bulevar dos Reis. Os membros da Liga de Elite da Polícia deveriam andar em pares, mas havia um jogo de esmagobol sendo disputado do outro lado do rio, por isso seu parceiro estava patrulhando as laterais do campo no Estádio Zona Oeste.

Holly caminhava pelo bulevar, resplandecente em seu uniforme de trânsito, computadorizado. O uniforme era mais ou menos uma placa de sinalização ambulante que podia mostrar todos os sinais comuns, além de até oito linhas de texto na placa que ficava na altura do peito. Além disso, era codificado com sua voz, de modo que, se Holly ordenasse um motorista a parar, o comando também apareceria em luzes amarelas em seu peito.

Ser uma placa de trânsito ambulante não era exatamente o que Holly almejava quando se inscreveu na Academia da Liga de Elite da Polícia, mas todos os cabos tinham de trabalhar um período no trânsito antes de ter permissão de se especializar. Holly estava nas ruas há mais de meio ano e às vezes parecia que jamais teria uma chance no Reconhecimento. Se os chefões lhe dessem a chance, e se ela passasse na iniciação, seria a primeira elfo do sexo feminino a entrar para o Recon. Esse fato não intimidava Holly Short, na verdade atraía sua natureza teimosa. Não somente ela passaria na iniciação, mas pretendia quebrar o recorde estabelecido pelo capitão Encrenca Kelp.

O bulevar estava calmo esta tarde. Todo mundo se encontrava no Zona Oeste, comendo legumes fritos e hambúrgueres de cogumelo. Todo mundo menos ela, algumas poucas dúzias de funcionários públicos e o dono de um trailer de transporte estacionado ilegalmente diante da área de carga de um restaurante.

Holly escaneou o código de barras roxo do trailer passando o sensor de sua luva diante da placa no para-choque.

Segundos depois o servidor central da LEP mandou a ficha do veículo para o seu capacete. Pertencia a um tal de senhor E. Phyber, um duende com histórico de violações de trânsito.

Holly puxou uma tira de Velcro que cobria a tela de computador de seu pulso. Abriu o programa de multas de estacionamento e mandou uma para a conta do senhor Phyber. O fato de se sentir bem por ter dado uma multa mostrou a Holly que era hora de sair do trabalho no trânsito.

Alguma coisa se mexeu dentro do trailer. Alguma coisa grande. Todo o veículo balançou sobre os eixos.

Holly bateu nas janelas de vidro fumê.

— Saia do veículo, senhor Phyber.

Não houve resposta de dentro do trailer, apenas um balanço mais pronunciado. Havia alguma coisa grande. Uma coisa muito maior do que um duende.

— Senhor Phyber. Abra ou eu farei uma busca.

Holly tentou espiar pelos vidros escuros, sem sorte: seu capacete de rua não tinha os filtros necessários para penetrar neles. Era como se houvesse algum tipo de animal ali dentro. Era um crime sério. Transportar animais num veículo particular era rigidamente proibido. Para não

mencionar que era cruel. O povo das fadas podia comer alguns animais, mas certamente não os mantinha como bichos de estimação. Se essa pessoa estivesse contrabandeando algum tipo de animal era bem possível que os estivesse comprando diretamente da superfície.

Holly pôs as duas mãos no painel lateral, empurrando com o máximo de força possível. Imediatamente o trailer começou a se sacudir e vibrar, quase virando sobre um dos eixos.

Holly deu um passo atrás. Teria de informar isso à delegacia.

— Ah... Algum problema, policial?

Havia um duende pairando ao lado dela. Os duendes pairavam quando estavam nervosos.

— Este veículo é do senhor?

As asas do duende bateram mais rápido ainda, levantando-o mais uns quinze centímetros acima da calçada.

— Sim, policial. Eloe Phyber. Está registrado no meu nome.

Holly levantou o visor.

— Por favor, pouse, senhor. É proibido voar no bulevar. Há placas.

Phyber tocou o chão suavemente.

— Claro, policial. Desculpe.

Holly examinou o rosto de Phyber procurando sinais de culpa. A pele verde-clara do duende estava molhada de suor.

— Preocupado com alguma coisa, senhor Phyber?

Phyber deu um sorriso suado.

— Não. Preocupado? Não, nada. Estou meio atrasado, só isso. A vida moderna, a senhora sabe, a gente está sempre com pressa.

O trailer balançou sobre os eixos.

— O que o senhor tem aí dentro?

O sorriso de Phyber congelou.

— Nada. Só algumas estantes desmontadas. Uma delas deve ter caído.

Ele estava mentindo. Holly tinha certeza.

— Ah, verdade? Deve haver um bocado de estantes aí, porque esta é a quinta que cai. Abra, por favor.

As asas do duende começaram a acelerar.

— Acho que não tenho obrigação de abrir. A senhora não precisa de um mandado?

— Não. Preciso de causa provável. E tenho motivo para acreditar que o senhor está transportando animais ilegalmente.

— Animais? Ridículo. De qualquer modo, não posso abrir o trailer, parece que perdi o chip.

Holly tirou uma Omnichave do cinto, encostando o sensor na porta traseira do trailer.

— Muito bem. Saiba que estou abrindo este veículo para investigar a possível presença de animais.

— Será que não deveríamos esperar um advogado?

— Não. Os animais poderiam morrer de velhice.

Phyber recuou um metro.

— Eu realmente não faria isso.

A Omnichave soltou um bip e a porta traseira se abriu. Holly se viu diante de um gigantesco cubo de geleia laranja e pulsante. Era hidrogel, usado para transportar em segurança animais marinhos feridos. As criaturas ainda podiam respirar, mas eram poupadas dos choques da viagem. Um cardume de cavalinhas lutava para nadar dentro do interior forrado do trailer. Sem dúvida se destinavam a algum restaurante que servia frutos do mar ilegalmente.

O gel poderia ter mantido a forma se o cardume não tivesse decidido ir para a luz. O esforço conjunto arrastou o cuboide de gel para fora do trailer. A gravidade tomou conta e a gosma estourou em cima de Holly. Ela foi instantaneamente submersa num maremoto de gel fedendo a peixe e de peixes de verdade. O gel encontrou buracos em seu uniforme, buracos que ela nem sabia que existiam.

— D'Arvit! — xingou Holly, caindo com o traseiro no chão. Infelizmente esse foi o momento em que seu uniforme entrou em curto, e chegou um comunicado da delegacia Plaza dizendo que o comandante Julius Raiz queria vê-la imediatamente.

Delegacia Plaza. Elementos de Baixo

Holly largou Phyber no balcão de fichamento, depois atravessou rapidamente o pátio até a sala de Julius Raiz. Se o comandante da LEPrecon queria vê-la, ela não tinha intenção de mantê-lo esperando. Poderia ser sua iniciação. Finalmente.

Já havia pessoas na sala. Através do vidro fosco Holly podia ver cabeças balançando.

— Cabo Short, para falar com o comandante Raiz — disse ofegante à secretária.

A secretária, uma diabrete de meia-idade com um horrendo permanente cor-de-rosa, ergueu os olhos brevemente e parou de trabalhar por completo, dando toda a atenção a Holly.

— Você quer falar com o comandante desse jeito?

Holly limpou algumas bolotas de hidrogel do uniforme.

— Sim. Isso é apenas gel. Eu estava trabalhando. O comandante entenderá.

— Tem certeza?

— Positivo. Não posso faltar a esta reunião.

O sorriso da secretária saiu manchado de maldade.

— Bem, então está certo. Entre.

Em qualquer outro dia Holly saberia que algo estava errado, mas naquele momento a percepção passou direto. E ela também, para dentro da sala de Raiz.

Havia duas pessoas na sala. Uma delas era o próprio Julius Raiz, um elfo de peito largo com cabelos à escovinha e um charuto de fungo enfiado no canto da boca. Holly também reconheceu o capitão Encrenca Kelp, um dos maiores astros do Recon. Uma lenda nos bares frequentados pela polícia, com mais de uma dúzia de prisões bem-sucedidas em menos de um ano.

Raiz ficou imóvel, olhando Holly.

— Sim? O que é? Algum tipo de emergência nos encanamentos?

— N... não — gaguejou Holly. — Cabo Holly Short, apresentando-se como foi ordenado, senhor.

Raiz ficou de pé, com manchas vermelhas queimando nas bochechas. O comandante não era um elfo alegre.

— Short. Você é uma garota?

— Sim, senhor. Admito a acusação.

Raiz não apreciava humor.

— Não estamos num encontro, Short. Guarde as gracinhas.

— Sim, senhor. Nada de piadas.

— Bom. Presumi que você fosse do sexo masculino por causa das notas no teste de pilotagem. Nunca tivemos uma fêmea com notas tão altas.

— É o que eu soube, senhor.

O comandante se sentou na beira da mesa.

— Você é a décima oitava fêmea a chegar à iniciação. Até agora nenhuma passou. O departamento de direitos iguais está reclamando de machismo, por isso vou cuidar pessoalmente da sua iniciação.

Holly engoliu em seco.

— Pessoalmente?

Raiz sorriu.

— Isso mesmo, cabo. Só você e eu numa pequena aventura. Como se sente com relação a isso?

— Fantástico, senhor. É um privilégio.

— Boa menina. Este é o espírito. — Raiz farejou o ar. — Que cheiro é esse?

— Eu estava trabalhando no trânsito, senhor. Tive um embate com um contrabandista de peixe.

Raiz farejou o ar de novo.

— Achei mesmo que havia peixe envolvido. Seu uniforme parece estar laranja.

Holly pegou uma bolota de gel no braço.

— É hidrogel, senhor. O contrabandista estava usando para transportar os peixes.

Raiz se levantou da mesa.

— Você sabe o que os policiais do Recon fazem, Short?

— Sim, senhor. Um policial do Recon rastreia criaturas do Povo até a superfície.

— Até a superfície, Short. Onde os humanos vivem. Nós temos de ser invisíveis, temos de nos fundir ao ambiente. Acha que pode fazer isso?

— Sim, comandante. Acho que posso.

Raiz cuspiu seu charuto no reciclador.

— Gostaria de acreditar. E talvez acreditasse, se não fosse isso aí. — Raiz apontou um dedo rígido para o peito de Holly.

Ela olhou. Sem dúvida o comandante não estava chateado com algumas bolotas de gel e o cheiro de peixe.

Não estava.

A barra de texto em seu peito tinha uma palavra escrita em maiúsculas. Era a mesma palavra que ela havia gritado no instante em que o hidrogel havia congelado a tela de texto:

— D'Arvit — xingou Holly baixinho. Por coincidência, a mesma palavra congelada em seu peito.

E1

O trio seguiu diretamente para o E1: um poço de pressão que emergia em Tara, Irlanda. Os cabos não recebiam qualquer tempo para se preparar, porque não teriam nenhum tempo caso conseguissem passar para o Recon. As criaturas fugitivas não escapavam para a superfície num momento combinado com a polícia. Partiam quando lhes desse na telha, e um policial do Recon tinha de estar pronto para ir atrás.

Pegaram um transportador da LEP que subiu pelo poço até a superfície. Holly não recebera qualquer arma, e seu capacete tinha sido confiscado. Também haviam lhe drenado toda a magia através de um furo de alfinete no polegar. O alfinete era deixado ali até que cada gota de magia tivesse sido usada para curar o ferimento.

O capitão Encrenca Kelp explicou a lógica enquanto usava sua própria magia para lacrar o minúsculo ferimento no dedo de Holly.

— Algumas vezes ficamos presos na superfície sem nada: sem arma, sem equipamento de comunicação, sem magia. E mesmo assim temos de encontrar o fugitivo, que provavelmente está tentando encontrar a gente. Se não conseguir fazer isso, não entrará no Recon.

Holly havia esperado algo assim. Todos tinham ouvido as histórias de iniciação dos outros veteranos. Ela imaginou em que tipo de buraco do inferno eles seriam largados e o que teriam de caçar.

Através das escotilhas do transportador olhava o poço passando num clarão. Os poços eram enormes tubos de magma que espiralavam do núcleo da terra até a superfície. O Povo das Fadas tinha escavado vários desses túneis em todo o mundo e construído estações de lançamento nas duas extremidades. À medida que a tecnologia humana ficava mais sofisticada, muitas dessas estações tinham de ser destruídas ou abandonadas. Se o povo da lama encontrasse uma estação do Povo das Fadas, teria uma linha direta até a Cidade do Porto.

Em situações de emergência, os policiais do Recon aproveitavam as explosões de magma que irrompiam nesses túneis e viajavam em casulos de titânio. Era o modo mais rápido de cobrir os oito mil quilômetros até a superfície. Hoje estavam viajando em grupo, num transportador da LEP, à velocidade relativamente lenta de mil

e duzentos quilômetros por hora. Raiz ligou o piloto automático e voltou para dar os informes a Holly.

— Vamos para as ilhas Tern — disse o comandante Raiz, ativando um mapa holográfico acima da mesa de reuniões. — Um pequeno arquipélago perto da costa leste da Irlanda. Para ser mais exato, vamos para Tern Mór, a ilha principal. Há apenas um habitante: Kieran Ross, um conservacionista. Ross viaja a Dublin uma vez por mês para fazer seu relatório ao Departamento do Meio Ambiente. Em geral se hospeda no hotel Morrison e vai assistir a alguma peça no teatro Abbey. Nosso pessoal técnico confirmou que ele se hospedou no hotel, de modo que temos uma janela de 36 horas.

Holly assentiu. A última coisa que precisavam era de humanos se intrometendo no exercício. Exercícios realistas eram uma coisa, mas não à custa de todo o Povo.

Raiz entrou no holograma, apontando para um ponto no mapa.

— Vamos desembarcar aqui, na Baía das Focas. O transportador vai deixá-la, com o capitão Kelp, na praia. Eu serei deixado em outro lugar. Depois disso é simples: você me caça e eu caço você. O capitão Kelp vai registrar seu progresso para a avaliação. Assim que o exercício terminar, eu avaliarei seu disco e verei se você tem o que é necessário para entrar para o Recon. Em geral os iniciandos são alvejados meia dúzia de vezes durante o exercício, portanto não se preocupe com isso. O importante é o quanto você tornará a coisa difícil para mim.

Raiz pegou uma pistola de tinta num suporte da parede e jogou para Holly.

— Claro, há um modo de passar por cima da avaliação e entrar direto no programa. Se você me acertar antes de eu acertá-la, estará dentro. Sem perguntas. Mas não tenha muita esperança. Eu tenho séculos de experiência acima do chão, estou cheio de magia e tenho um lançador cheio de armas à minha disposição.

Holly ficou satisfeita por já estar sentada. Tinha passado centenas de horas em simuladores, mas só visitara a superfície duas vezes. Uma num passeio de escola pelas florestas tropicais da América do Sul e outra numa viagem de férias com a família a Stonehenge. A terceira visita seria um pouco mais empolgante.

CAPÍTULO 3: A ILHA DOS SONHOS PARTIDOS

Tern Mór.

O SOL evaporou a névoa matinal e Tern Mór apareceu gradualmente junto à costa irlandesa como uma ilha fantasma. Num minuto não havia nada além de nuvens e, no outro, os penhascos de Tern Mór cortavam a névoa.

Holly a examinou através da escotilha.

— Lugar animado — comentou.

Raiz mastigou seu charuto.

— Desculpe, cabo. Nós sempre pedimos que os fugitivos se escondam em algum lugar quente, mas imagina só, eles não aproveitam a dica!

O comandante voltou à cabine de comando: era hora de passar ao controle manual, para o desembarque.

A ilha parecia algo saído de um filme de terror. Penhascos escuros se erguiam do oceano, espumas das ondas batendo na linha-d'água. Uma tira de folhagens se agarrava desesperadamente, balançando insegura na borda, como uma franja de cabelos revoltos.

Nada de bom vai acontecer aqui, pensou Holly.

Encrenca Kelp deu-lhe um tapinha no ombro, rompendo o desânimo.

— Anime-se, Short. Pelo menos você chegou até aqui. Uns dias na superfície valem qualquer preço. Este local tem um ar inacreditável. Doce como o céu.

Holly tentou sorrir, mas estava nervosa demais.

— O comandante costuma cuidar pessoalmente das iniciações?

— O tempo todo. Mas esta é a primeira do tipo um contra um. Em geral ele rastreia cerca de meia dúzia, para se divertir. Mas você o terá sozinha, por causa do negócio de ser fêmea. Quando você fracassar, Julius não quer que o departamento de direitos iguais tenha qualquer motivo para reclamação.

Holly se eriçou.

— Quando eu fracassar?

Encrenca piscou para ela.

— Eu disse "quando"? Queria dizer "se". Claro, se.

Holly sentiu as extremidades de suas orelhas pontudas tremendo. Será que o comandante já estava com o relatório escrito?

Desembarcaram na Praia das Focas, que era curiosamente desprovida de focas e de areia. O transportador tinha uma segunda camada de telas de plasma que projetavam o ambiente ao redor nas placas externas do veículo. Para um observador casual, quando Encrenca Kelp abriu a escotilha, pareceria uma porta no céu.

Holly e Encrenca saltaram nos pedregulhos da praia, correndo para evitar o fluxo saído dos jatos.

Raiz abriu uma escotilha.

— Você tem vinte minutos para chorar, rezar ou seja lá o que as fêmeas fazem, depois vou com tudo.

Os olhos de Holly mostravam-se ferozes.

— Sim, senhor. Vou começar a chorar agora mesmo. Assim que o senhor tiver sumido no horizonte.

Raiz fez uma cara meio de sorriso, meio de desprezo.

— Espero que suas habilidades possam pagar os cheques que sua boca está preenchendo.

Holly não fazia ideia do que era um cheque, mas decidiu que não era hora de dizer isso.

Raiz acelerou o motor, decolando num arco baixo por cima da colina. Tudo que era visível do veículo era um leve tremeluzir transparente.

Holly descobriu que estava subitamente com frio. A Cidade do Porto tinha a temperatura controlada e seu uniforme de trânsito não possuía bobinas de aquecimento. Notou o capitão Kelp ajustando o termostato em seu computador.

— Ei — disse Encrenca. — Não é preciso nós dois ficarmos desconfortáveis. Eu já passei pela iniciação.

— Quantas vezes o senhor foi acertado? — perguntou ela.

Encrenca fez uma careta presunçosa.

— Oito. E fui o melhor do grupo. O comandante Raiz move-se depressa para um policial da antiga. Além disso, tem equipamentos no valor de um milhão de lingotes.

Holly levantou a gola para se proteger do vento do Atlântico.

— Alguma dica?

— Sinto muito, não. E assim que esta câmera começar a gravar, nem posso mais falar com você. — O capitão Kelp apertou um botão no capacete e uma luz vermelha piscou para Holly. — Só posso dizer que, se fosse você, começaria a me mover. Julius não vai perder tempo, portanto você também não deveria.

Holly olhou em volta. *Use o ambiente*, diziam os manuais. *Use o que a natureza oferecer*. Esta máxima não lhe adiantava muito aqui. A praia de pedrinhas era limitada de dois lados por um rochedo escarpado, com uma íngreme encosta enlameada no terceiro. Era a única saída, e era melhor pegá-la antes que o comandante tivesse tempo para se colocar no topo. Foi rapidamente para a encosta, decidida a sair deste exercício com o respeito próprio intacto.

Algo tremeluziu no canto de seu olho. Holly parou.

— Isto não é justo — disse ela apontando para o local.

Encrenca olhou para o outro lado da praia.

— O quê? — perguntou, ainda que não devesse falar.

— Olhe lá. Um pedaço de tecido de camuflagem. Há alguém escondido na praia. Vocês têm alguém de apoio, para o caso de a cabo ser um pouco rápida demais para os veteranos?

Encrenca percebeu instantaneamente a seriedade da situação.

— D'Arvit — resmungou ele, estendendo a mão para pegar a arma.

O capitão Kelp sacou rápido. Na verdade conseguiu tirar a arma do coldre antes que um fuzil de atirador pulsasse embaixo do tecido de camuflagem, acertando-o no ombro e fazendo-o girar nas pedras molhadas.

Holly correu para a direita, ziguezagueando por entre as rochas. Se continuasse em movimento, talvez o atirador não conseguisse acertá-la. Seus dedos estavam se cravando na encosta lamacenta quando um segundo atirador saltou da terra, jogando longe um pedaço de tecido de camuflagem.

O recém-aparecido, um anão atarracado, estava segurando o maior fuzil que Holly já vira.

— Surpresa! — Ele riu com os dentes tortos e amarelados.

Disparou, e o pulso de laser acertou Holly na barriga como uma marreta. Esse é o problema das armas de neutrino: não matam, mas doem mais do que um balde cheio de cutículas arrancadas.

Holly voltou a si e imediatamente desejou não ter voltado. Inclinou-se à frente na cadeira enorme em que estava amarrada e vomitou em cima das botas. Ao seu lado, Encrenca Kelp estava envolvido na mesma atividade. Que negócio era esse? As armas de laser não deveriam ter efeitos colaterais, a não ser que você fosse alérgico, e ela não era.

Olhando em volta, Holly prendeu o fôlego. Estavam numa pequena sala com reboco malfeito, dominada por uma mesa enorme. Uma mesa enorme ou uma mesa de tamanho humano? Estariam numa residência humana? Isso explicava o enjoo. Entrar em residências humanas sem permissão era estritamente proibido. O preço de ignorar a lei era a perda da magia e náusea.

Os detalhes da situação saltaram na memória de Holly. Estivera fazendo sua iniciação quando duas criaturas os haviam emboscado na praia. Poderia ser algum tipo de teste extremo? Olhou a cabeça caída do capitão Kelp. Se fosse um teste, era bem realista.

Uma porta enorme rangeu, abrindo-se, e um elfo risonho entrou.

— Ah, vocês não estão bem. Enjoo de feitiçaria, ou Vômito do Livro, como dizem os mais jovens. Não se preocupem, logo vai passar.

O elfo parecia mais velho do que qualquer criatura que Holly havia conhecido e estava usando um uniforme da LEP, amarelado. Parecia saído de um filme de época.

O elfo captou o olhar de Holly.

— Ah, sim — disse ele, ajeitando a roupa. — Minha vestimenta se desbota. É a maldição de viver sem magia. Tudo se desbota, e não somente as roupas. Olhando nos meus olhos você não imaginaria que sou apenas um século mais velho do que meu irmão.

Holly fitou nos olhos dele.

— Irmão?

Ao seu lado, Encrenca estremeceu, cuspiu e levantou a cabeça. Holly ouviu uma respiração brusca.

— Ah, deuses. Viravolta Raiz.

A mente de Holly entrou em parafuso. Raiz? Irmão. Este era o irmão do comandante.

Viravolta estava adorando.

— Por fim alguém se lembra. Estava começando a achar que havia sido esquecido.

— Eu me formei em história antiga — disse Encrenca. — Você tem sua própria página no capítulo Loucos Criminosos.

Viravolta tentou parecer calmo, mas estava interessado.

— Conte: o que diz essa página?

— Diz que você foi um capitão traidor que tentou inundar uma parte de Porto só para afastar um concorrente que estava se intrometendo em seu esquema de mineração ilegal. Diz que, se o seu irmão não o tivesse impedido quando você estava com o dedo no botão, metade da cidade estaria perdida.

— Ridículo — disse Viravolta. — Mandei engenheiros estudarem meus planos. Não haveria reação em cadeia. Algumas centenas teriam morrido, só isso.

— Como você escapou da prisão? — perguntou Holly.

O peito de Viravolta se estufou.

— Nunca passei um dia na prisão. Não sou um criminoso comum. Felizmente Julius não teve coragem de me matar, por isso consegui fugir. Desde então ele vem me caçando. Mas isso acaba hoje.

— Então de que isso se trata: vingança?

— Em parte. Mas também de liberdade. Julius é como um cachorro com um osso. Não quer soltar. Eu preciso de uma chance para terminar meus martínis sem olhar por cima do ombro. Tive quase noventa e seis residências nos últimos cinco séculos. Morei numa mansão fabulosa perto de Nice por volta de mil e setecentos. — Os olhos do velho elfo ficaram nublados. — Fui muito feliz lá. Ainda sinto o cheiro do oceano. Tive de queimar a casa até os alicerces por causa de Julius.

Holly estava girando os pulsos lentamente, tentando afrouxar os nós. Viravolta notou o movimento.

— Não se incomode, minha cara. Eu venho amarrando pessoas há séculos. É uma das primeiras habilidades que a gente aprende quando está em fuga. E, aliás, parabéns. Uma fêmea na iniciação. Aposto que meu irmãozinho não gosta disso. Ele sempre foi meio machista.

— É — respondeu Holly. — Ao passo que você é um perfeito cavalheiro.

— Touché. Como eu costumava dizer na França.

O rosto de Encrenca tinha perdido o tom verde.

— Qualquer que seja o seu plano, não espere minha ajuda.

Viravolta parou diante de Holly, levantando o queixo dela com uma unha curva.

— Não espero ajuda de você, capitão. Espero ajuda da bonitinha. De você só espero alguns gritos antes de morrer.

Viravolta tinha dois cúmplices: um anão carrancudo e um duende terrestre. O irmão do comandante Raiz os chamou à sala para uma rodada de apresentações.

O anão se chamava Bobb e usava um chapéu de aba larga para proteger do sol a delicada pele de anão.

— Bobb é o melhor ladrão que existe, depois de Palha Escavator — explicou Viravolta passando o braço ao redor dos ombros fortes do anão. — Mas, diferentemente do esperto Escavator, ele não planeja muito bem. Bobb cometeu seu grande erro quando escavou até um centro comunitário durante uma festa da polícia para arrecadar fundos. Desde então tem se escondido na superfície. Nós formamos uma boa equipe: eu planejo, ele rouba. — Viravolta se voltou para o duende, colocando-o de costas. Onde deveriam estar as asas da criatura havia dois calombos de tecido cicatrizado.

— O Unix aqui brigou com um troll e perdeu. Estava clinicamente morto quando o encontrei. Dei-lhe o último jorro de magia que tinha, para trazê-lo de volta, e até hoje não sei se ele me ama ou me odeia por isso. Mas é leal. Esta criatura aqui entraria no núcleo da terra por mim.

As feições verdes do duende eram impassíveis e os olhos pareciam vazios como disquetes apagados. Aquelas duas criaturas eram as que haviam dominado Holly e Encrenca na praia de pedrinhas.

Viravolta arrancou o crachá do peito de Holly.

— Bom, o plano é o seguinte. Nós vamos usar a cabo Short para atrair Julius. Se você tentar alertá-lo, o capitão morre numa agonia terrível. Eu tenho uma aranha Azul Túnel na bolsa, e ela vai rasgar as entranhas dele em segundos. E como entrou numa residência humana ele não terá uma gota de magia para aliviar a dor. De sua

parte, você só precisa ficar sentada numa clareira, esperando Julius chegar e pegá-la. Quando ele fizer isso, nós o teremos. Simples. Unix e Bobb vão acompanhá-la. Esperarei aqui pelo momento feliz em que Julius for arrastado por esta porta.

Unix cortou algumas tiras, soltando Holly da cadeira. Empurrou-a pela porta gigantesca, para a luz da manhã. Holly respirou fundo. Ali o ar era doce, mas não houve um momento para parar e desfrutá-lo.

— Por que não corre, policial? — perguntou Unix, com a voz alternadamente aguda e grave, como se estivesse meio partida. — Corra e veja o que acontece.

— É — provocou Bobb. — Veja o que acontece.

Holly podia adivinhar o que aconteceria. Receberia outro tiro de laser, desta vez nas costas. Não iria correr. Pelo menos por enquanto. O que faria era pensar e planejar.

Os dois arrastaram e empurraram Holly por duas encostas que iam para o sul em direção aos penhascos. O capim era ralo e duro, como tufos de pelos caídos, depois do barbear. Bandos de gaivotas, andorinhas-do-mar e cormorões apareciam sobre a linha do penhasco como caças a jato subindo até a altitude de cruzeiro. Depois de passarem por um pequeno bosque cheio de vida selvagem Bobb parou ao lado de uma pedra baixa que brotava da terra. Tinha apenas tamanho suficiente para abrigar uma criatura pequena de alguém que se aproximasse vindo do leste.

— Abaixe-se — grunhiu ele, empurrando Holly de joelhos.

Assim que ela se abaixou, Unix pôs uma algema em sua perna e martelou na terra o grampo que havia na outra extremidade.

— Desse modo você não pode simplesmente sair correndo — explicou ele, rindo. — Se virmos você brincando com a corrente vamos nocauteá-la por um tempo. — Ele bateu na mira telescópica do fuzil atravessado no peito. — Vamos ficar vigiando.

Os bandidos recuaram pelo campo, acomodando-se em dois buracos. Em seguida tiraram pedaços de tecido de camuflagem das mochilas e puseram sobre o corpo. Em segundos tudo que podia ser visto eram os olhos pretos de dois canos de armas se projetando por baixo dos panos.

Era um plano simples. Mas muito inteligente. Se o comandante encontrasse Holly, pareceria que ela estava se preparando para uma emboscada. Só que não era uma emboscada muito boa. No segundo em que ele aparecesse Unix e Bobb poderiam derrubá-lo com tiros de fuzil.

Devia haver algum modo de alertar o comandante sem colocar Encrenca em perigo. Holly ficou pensando. *Use o que a natureza oferecer*. A natureza estava oferecendo muita coisa, mas infelizmente ela não podia pegar nada. Se ao menos tentasse, Bobb e Unix iriam atordoá-la com uma carga fraca, sem ter de alterar a estrutura básica do plano deles. E não havia grande coisa no corpo dela. Unix a havia revistado da cabeça aos pés, confiscando até a caneta digital em seu bolso, para o caso de ela tentar usá-la como arma. A única coisa que tinham deixado passar era o computador finíssimo no pulso, que de qualquer modo estava em curto.

Holly baixou o braço atrás da pedra, puxando o pedaço de velcro que protegia o computador. Virou o minúsculo instrumento. Aparentemente o hidrogel havia entrado sob o lacre, provocando curto nas partes elétricas. Tirou o painel da bateria, verificando a placa de circuito interno. Havia uma minúscula gota de gel na placa, cobrindo vários interruptores, estabelecendo conexões onde não deveria haver nenhuma. Holly arrancou uma folha de capim áspero e a usou para limpar a gota. Em menos de um minuto o resto da película de gel tinha se evaporado, e o computador minúsculo começou a funcionar. Holly escureceu rapidamente o painel em seu peito, para evitar que Bobb ou Unix vissem o cursor piscando.

Bom, agora tinha um computador. Se ao menos estivesse com o capacete poderia mandar um e-mail ao comandante. Mas, daquele jeito, tudo que podia era mostrar um pequeno texto no visor que tinha no peito.

CAPÍTULO 4: IRMÃOS ARMADOS

Tern Mór. Península norte.

JULIUS Raiz ficou surpreso ao descobrir que estava ofegando. Houvera um tempo em que poderia correr o dia inteiro sem suar, e agora o coração batia dentro das costelas depois de uma corrida de meros três quilômetros. Tinha estacionado o transportador no topo de um penhasco nevoento no pico do norte da ilha. Claro que a névoa era artificial, gerada por um compressor parafusado ao cano de descarga do transportador. O escudo de projeção do transportador ainda estava operando. A névoa era apenas um auxílio a mais.

Raiz corria abaixado, quase dobrado ao meio. Corrida de caçador. Enquanto se movia podia sentir o júbilo primal que apenas o ar da superfície era capaz de trazer.

O mar estourava de todos os lados, uma fera gigantesca, lembrando o poder da terra. O comandante Julius Raiz jamais se sentia mais feliz do que quando caçava acima do solo. Para dizer a verdade, poderia ter delegado aquelas iniciações, mas não abriria mão das viagens à superfície enquanto o primeiro recruta não o vencesse. Isso ainda não tinha acontecido.

Quase duas horas depois o comandante parou, tomando um gole demorado de um cantil. Essa caçada teria sido muito mais fácil com um par de asas mecânicas, mas em nome do jogo limpo tinha deixado as asas no suporte, dentro do veículo. Não deixaria ninguém alegar que ele havia vencido com o uso de equipamento superior.

Raiz tinha procurado em todos os locais óbvios e ainda não havia encontrado a cabo Short. Holly não estava na praia nem na velha pedreira. Tampouco havia se empoleirado numa árvore na floresta. Talvez fosse mais inteligente do que um cadete mediano. Precisaria ser. Para uma fêmea sobreviver no Recon teria de passar por cima de um bocado de suspeitas e preconceitos. Não que o comandante se sentisse tentado a lhe dar qualquer moleza. Iria tratá-la com o mesmo desdém arrogante que todos os seus subordinados recebiam. Até merecerem algo melhor.

Continuou a busca, com os sentidos alertas a qualquer mudança no ambiente que pudesse indicar que ele próprio estava sendo rastreado. As cerca de duas centenas de espécies de pássaros que faziam ninho nos penhascos de Tern Mór estavam numa atividade incomum. Gaivotas gritavam para ele no alto, corvos seguiam seus movimentos, e Julius chegou a ver uma águia espionando-o do céu. Todo esse barulho tornava mais difícil se concentrar, mas a distração seria ainda pior para a cabo Short.

Subiu correndo uma pequena encosta em direção à residência humana. Short não poderia estar dentro da residência propriamente dita, mas poderia estar usando-a como cobertura. O comandante ficou no meio do mato, com o macacão da LEP fundindo-se à folhagem.

Ouviu alguma coisa adiante. Um som de atrito, irregular. Ruído de algum material de encontro a uma pedra. Ficou imóvel e, depois, lentamente, penetrou mais nas folhagens. Um coelho perplexo deu meia-volta, enfiando-se na sebe. Raiz ignorou os espinhos raspando seus cotovelos, seguindo centímetro a centímetro na direção do

barulho. Poderia não ser nada, mas por outro lado poderia ser tudo.

Por acaso era tudo. De seu abrigo no mato pôde ver Holly claramente, encolhida atrás de uma pedra grande. Não era um esconderijo particularmente inteligente. Ela estava abrigada de uma aproximação pelo leste, mas afora isso se encontrava em espaço aberto. O capitão Kelp não estava visível, possivelmente filmava de um ponto de observação elevado.

Raiz suspirou. Ficou surpreso ao descobrir que estava desapontado. Teria sido bom ter uma garota na equipe. Alguém novo com quem gritar.

Sacou a pistola de tinta, enfiando o cano por entre espirais dos galhos de uma urze-branca. Iria acertá-la duas vezes só para causar impressão. Era melhor que Short acordasse e fizesse coisa melhor, se quisesse a insígnia do Recon na lapela.

Não havia necessidade de usar a mira do capacete. Era um tiro fácil, pouco mais de seis metros. E, mesmo se não fosse, Raiz não teria usado o visor. Short não tinha mira eletrônica, por isso ele também não a usaria. Isso lhe daria mais um motivo para gritar depois da iniciação fracassada.

Então Holly se virou na direção do bosque. Ainda não podia vê-lo, mas ele podia vê-la. E, mais importante, podia ler as palavras que atravessavam o peito dela.

VIRAVOLTA + 2

O comandante Raiz recolheu o cano da arma para o arbusto, recuando na escuridão do mato alto.

Raiz lutou para conter as emoções. Viravolta retornara. E estava aqui. Como seria possível? Todos os velhos sentimentos chegaram rapidamente à superfície, alojando-se na barriga do comandante. Viravolta era seu irmão, e ainda existia um pouquinho de afeto por ele. Mas a emoção dominante era de tristeza. Viravolta tinha traído o Povo e havia se mostrado disposto a ver grande parte dele morrer em troca de lucro pessoal. Julius tinha permitido o irmão escapar uma vez, antes. Não deixaria isso acontecer de novo.

Recuou de costas pelo bosque, depois ativou o capacete. Tentou estabelecer uma ligação com a Delegacia Plaza, mas só conseguiu captar chiado pelo rádio. Viravolta devia ter detonado uma bomba de interferência.

Viravolta podia controlar as ondas de rádio, mas não podia controlar o ar. E qualquer coisa viva aqueceria o ar.

Raiz baixou um filtro térmico no visor e começou uma lenta busca da área atrás da cabo Short.

A busca do comandante não demorou muito. Duas fendas vermelhas brilhavam como faróis em meio ao rosa-claro de insetos e roedores que viviam abaixo da superfície do campo. As fendas eram provavelmente causadas pelo vazamento de calor corporal por baixo de dois pedaços de tecido de camuflagem. Atiradores. Deitados, esperando-o. Aquelas criaturas não eram profissionais. Se fossem, teriam mantido o cano das armas embaixo do tecido até que elas fossem necessárias, eliminando o vazamento.

Raiz guardou a pistola de tinta e sacou uma Neutrino 500. Em geral, em situações de combate ele portava uma pistola de choque com três canos e resfriada a água, mas não viera esperando combate. Censurou-se em silêncio. Idiota. Os combates não costumam ser programados com antecipação.

Circulou por trás dos atiradores. Depois deu dois tiros contra eles, a distância. Talvez não fosse a atitude mais esportiva, mas era definitivamente a mais prudente. Quando os atiradores recuperassem a consciência estariam algemados um ao outro na traseira de um transportador da polícia. Se, por algum acaso, tivesse atordoado dois inocentes, não haveria efeitos colaterais duradouros.

O comandante Raiz correu até o primeiro esconderijo, puxando um dos tecidos de camuflagem. No buraco embaixo havia um anão. Um sujeitinho feio. Raiz o reconheceu de seu arquivo de Procurados. Bobb Trappo. Uma figura maligna. O tipo de bandido imbecil que Viravolta recrutaria. Raiz se ajoelhou perto do anão, desarmando-o e colocando algemas de plástico em seus pulsos e nos tornozelos.

Rapidamente atravessou os 20 metros até o segundo esconderijo. Outro fugitivo conhecido: Unix B'Lob. O duende terrestre. Era o braço direito de Viravolta há décadas. Raiz deu um sorriso tenso enquanto algemava o duende desmaiado. Mas o dia ainda não terminara.

Holly estava disfarçadamente arrancando o grampo do chão quando Raiz chegou.

— Posso lhe dar uma mão com isso? — perguntou Julius.

— Abaixe-se, comandante — sussurrou Holly. — Há dois fuzis apontados para o senhor agora mesmo.

Raiz bateu nas armas penduradas no ombro.

— Está falando destes fuzis? Eu vi o seu texto. Bom trabalho. — Ele segurou a corrente e a arrancou do chão. — Os parâmetros de sua missão mudaram.

Não me diga!, pensou Holly.

Raiz usou uma Omnichave para soltar a algema.

— Isto não é mais um exercício. Agora estamos em situação de combate, com um oponente hostil e presumivelmente armado.

Holly esfregou o tornozelo no ponto em que a algema a havia ferido.

— Seu irmão, Viravolta, está com o capitão Kelp na residência humana. Ameaçou colocar uma aranha Azul Túnel dentro dele se alguma coisa der errado no plano.

Raiz suspirou, encostando-se na pedra.

— Não podemos entrar na residência. Se fizermos isso não somente vamos ficar desorientados, mas a prisão será ilegal. Viravolta é inteligente. Mesmo que suplantássemos seus capangas não poderíamos invadir a casa.

— Poderíamos usar miras a laser e derrubar o alvo. Então o capitão Kelp poderia sair sozinho.

Se o alvo fosse alguém que não o seu próprio irmão, Raiz teria sorrido.

— Sim, cabo Short. Poderíamos fazer isso.

Raiz e Holly foram rapidamente até uma encosta acima da residência humana. O chalé ficava num pequeno vale rodeado por bétulas.

O comandante coçou o queixo.

— Temos de chegar mais perto. Preciso de um tiro limpo através de uma das janelas. Talvez só tenhamos uma chance.

— Eu devo pegar um fuzil, senhor?

— Não. Você não é licenciada para usar armas. A vida do capitão Kelp está em risco, por isso preciso de dedos firmes no gatilho. E, mesmo que você acertasse Viravolta, isso estragaria todo o processo judicial.

— Então o que posso fazer?

Raiz verificou a carga nas duas armas.

— Fique aqui. Se Viravolta me pegar, volte ao transportador e ative o sinal de socorro. Se a ajuda não chegar e você vir Viravolta se aproximando, acione a autodestruição.

— Mas eu sei pilotar o transportador — protestou Holly. — Tenho centenas de horas nos simuladores.

— E não tem licença de piloto. Se você pilotar aquela coisa pode muito bem se despedir de vez da carreira. Acione a autodestruição e espere o Esquadrão de Resgate. — Ele entregou a Holly o chip de partida, que também servia como localizador. — Esta é uma ordem direta, Short, por isso tire essa expressão insolente da cara, está me deixando nervoso. E, quando fico nervoso, costumo demitir pessoas. Entendeu a mensagem?

— Sim, senhor. Mensagem entendida.

— Bom.

Holly se agachou atrás da encosta enquanto seu comandante abria caminho entre as árvores, na direção da casa. Na metade do morro ele acionou o escudo, tornando-se praticamente invisível a olho nu. Quando uma criatura das fadas usava o escudo, vibrava tão depressa que os olhos não conseguiam capturar uma imagem. Claro que Raiz teria de desligar o escudo para atirar no irmão, mas isso só precisaria ser feito no último instante.

Raiz podia sentir o metal no ar, sem dúvida sobra da bomba de interferência que Viravolta tinha detonado antes. Foi pisando com cuidado no terreno irregular até que as janelas da frente da casa estivessem claramente visíveis. As cortinas estavam abertas, mas não havia sinal de Viravolta ou do capitão Kelp. Pelos fundos, então.

Colado à parede, o comandante se esgueirou pelo caminho de pedras rachadas até os fundos do chalé. Árvores cercavam dois lados de um quintal estreito e malcuidado. E ali, empoleirado num banco no pátio de pedras, estava seu irmão, Viravolta, o rosto levantado para o sol da manhã, sem qualquer preocupação no mundo.

A respiração de Raiz falhou e ele hesitou. Seu único irmão. Carne de sua carne. Por um único segundo o comandante imaginou como seria abraçar o irmão e lavar o passado, mas o momento passou rapidamente. Era tarde demais para reconciliação. Criaturas do Povo haviam quase morrido — e ainda poderiam morrer.

Raiz levantou a arma, apontando para o irmão. Era um tiro ridiculamente fácil, até para um atirador medíocre. Não podia acreditar que seu irmão tivesse sido estúpido a ponto de se expor desse modo. Enquanto se esgueirava mais para perto, Julius se entristeceu ao ver como Viravolta parecia velho. Havia apenas um século de diferença entre os dois, no entanto, o irmão mais velho parecia mal possuir energia para ficar de pé. A longevidade fazia parte da magia do Povo, e sem magia o tempo havia cobrado um preço prematuro a Viravolta.

— Olá, Julius, estou escutando você aí — disse Viravolta, sem abrir os olhos. — O sol está glorioso, não é? Como você consegue viver sem ele? Por que não desliga o escudo? Não vejo seu rosto há muito tempo.

Raiz baixou o escudo e lutou para manter a mira firme.

— Cale-se, Viravolta. Não fale comigo. Você é um futuro prisioneiro, só isso. Nada mais.

Viravolta abriu os olhos.

— Ah, irmãozinho. Você não parece bem. Pressão alta. Sem dúvida provocada por viver me caçando.

Julius não conseguiu evitar a conversa.

— Olhe quem está falando. Você parece um tapete que foi lavado demais. E estou vendo que ainda usa o velho uniforme da LEP. Nós não temos mais golas com babado, Viravolta. Se você ainda fosse capitão, saberia.

Viravolta arrumou a gola.

— É realmente disso que você quer falar comigo, Julius? De uniformes? Depois de todo esse tempo?

— Teremos tempo suficiente para conversar quando eu for visitá-lo na prisão.

Viravolta estendeu os pulsos dramaticamente.

— Muito bem, comandante. Leve-me.

Julius suspeitou daquilo.

— Assim? O que você está tramando?

— Estou cansado — suspirou o irmão. — Estou cansado de viver com o povo da lama. Eles são bárbaros demais. Quero ir para casa, mesmo que seja uma cela. Você obviamente despachou meus ajudantes, então que escolha eu tenho?

A intuição de soldado de Raiz estava martelando como um badalo de sino dentro de seu crânio. Ele baixou o filtro térmico do visor e viu que havia apenas mais uma criatura na residência. Alguém amarrado sentado. Devia ser o capitão Kelp.

— E onde está a deliciosa capitã Short? — perguntou Viravolta casualmente.

Raiz decidiu deixar um ás na manga, para o caso de precisar.

— Morta — cuspiu. — Seu anão atirou nela quando a garota me alertou. Esta é outra acusação pela qual você terá de responder.

— De que serve outra acusação? Eu só tenho uma vida para passar em cativeiro. É melhor você correr e me prender, Julius. Porque se não fizer isso posso voltar para dentro da casa.

Julius tinha de pensar depressa. Era óbvio que Viravolta havia planejado alguma coisa. E provavelmente agiria quando Julius fosse colocar as algemas. Mas ele não poderia agir se estivesse inconsciente.

Sem uma palavra de alerta, o comandante acertou o irmão com uma carga fraca. Apenas o bastante para fazê-lo desmaiar por alguns instantes. Viravolta tombou para trás, com um ar de surpresa no rosto.

Raiz pôs a Neutrino no coldre e correu para o irmão. Queria Viravolta amarrado como um peru do solstício quando voltasse a si. Uma dor de cabeça latejante baixou sobre ele como um peso de chumbo caindo do alto. O suor brotou de cada poro e suas fossas nasais se bloquearam instantaneamente. O que estava acontecendo? Raiz caiu de joelhos, depois, de quatro. Sentia vontade de vomitar e, em seguida, de dormir por oito horas. Seus ossos tinham virado geleia e a cabeça pesava uma tonelada. Cada respiração soava amplificada e longínqua.

Ficou nessa posição por mais de um minuto, completamente desamparado. Um gatinho poderia nocauteá-lo e roubar sua carteira. Ele só pôde ficar olhando enquanto Viravolta recuperava a consciência, balançava a cabeça para afastar a tontura e começava a sorrir lentamente.

Viravolta se levantou, parando de pé junto ao irmão desamparado.

— Quem é o inteligente? — gritou ele. — Quem sempre foi o inteligente?

Raiz não conseguia responder. Só podia tentar organizar os pensamentos. Era tarde demais para o corpo: ele o havia traído.

— Ciúme — proclamou Viravolta, abrindo os braços. — O motivo sempre foi o ciúme. Eu sou melhor do que você em todos os sentidos, e você não consegue admitir. — Agora a loucura estava em seus olhos e gotas de saliva pousaram no queixo e nas bochechas.

Raiz conseguiu dizer três palavras:

— Você está louco.

— Não. Estou é farto. Estou farto de fugir do meu próprio irmão. A coisa toda é melodramática demais. Assim, por mais que me doa fazer isso, vou retirar sua vantagem. Vou tirar sua magia. Depois você será como eu. E já comecei. Quer saber como?

Viravolta pegou um minúsculo controle remoto no bolso do sobretudo. Apertou um botão e paredes de vidro surgiram, brilhando, ao redor dos dois. Não estavam mais no jardim, estavam dentro de uma estufa. Raiz havia entrado por uma porta aberta.

— Que coisa feia, comandante — censurou Viravolta. — Você entrou numa residência humana sem convite. Isso é contra as regras da nossa religião. Se fizer isso mais algumas vezes sua magia terminará para sempre.

A cabeça de Raiz abaixou ainda mais. Tinha caído na armadilha de Viravolta, como um recruta recém-saído da Academia. Seu irmão havia pendurado alguns pedaços de tecido de camuflagem e acionado projetores para disfarçar a estufa — e ele tinha caído. Agora a única esperança era Holly Short. E, se Viravolta tinha sido mais esperto do que o capitão Kelp e ele próprio, que chance teria uma garota?

Viravolta agarrou Raiz pelo colarinho e o arrastou em direção à casa.

— Você não parece estar muito bem — disse ele com a voz cheia de falsa preocupação. — É melhor entrar.

CAPÍTULO 5: A CARREIRA OU OS COLEGAS?

DO topo da encosta, Holly viu a captura do comandante. Quando Raiz tombou, ela ficou de pé na hora e desceu correndo a colina, totalmente preparada para desobedecer às ordens e ajudar o comandante. Então a estufa surgiu, fazendo-a parar. Não conseguiria fazer nada dentro dos limites da casa, a não ser que pudesse salvar o comandante usando vômito. Teria de haver outro modo.

Virou-se, subindo o morro de quatro outra vez, enfiando os dedos na terra, arrastando-se na direção do bosque. Assim que se escondeu, ativou o localizador no chip de partida do transportador. Suas ordens eram para voltar ao veículo e enviar um sinal de socorro. Em algum momento ele atravessaria a interferência da bomba. Mas então provavelmente seria tarde demais.

Correu pelos campos com o capim se grudando às botas. Pássaros circulavam acima, com os gritos desesperados traduzindo o humor de Holly. O vento golpeava seu rosto, diminuindo sua velocidade. Hoje até a natureza parecia estar contra a LEP.

O bip do localizador a levou a atravessar um riacho na altura das coxas. As águas gélidas entravam pelas aberturas do uniforme, molhando suas pernas. Holly ignorou isso. E ignorou uma truta do tamanho de seu braço que parecia muito interessada no material do uniforme. Foi em frente, vencendo um degrau de tamanho humano e subindo um morro íngreme. Havia uma névoa baixa no topo, como creme chantilly em cima de uma fatia de bolo.

Holly pôde sentir o cheiro da névoa antes de chegar. Era química. Artificial. Obviamente o transportador estava dentro de uma nuvem.

Com os últimos resquícios de força, afastou um pouco da névoa falsa, e ativou de longe a porta do transportador. Desmoronou no interior, deitando-se junto à porta por um breve momento, respirando fundo. Depois ficou de pé e apertou o botão de emergência do painel, ativando o sinal de socorro.

O ícone do sinal piscou, seguido por um gigantesco anticlímax. Tudo que Holly podia fazer era ficar ali, sentada, olhando mensagens de falha piscando na tela de plasma. Ali estava, sentada em milhões de lingotes sob forma de tecnologia, e suas ordens eram para não fazer nada.

O capitão Kelp e o comandante Raiz corriam perigo mortal; e suas ordens eram para ficar girando os polegares. Se decolasse com o transportador, estaria violando uma ordem direta, e sua carreira no Recon terminaria antes de começar. Mas, se não decolasse, seus colegas estariam mortos. O que era mais importante, a carreira ou os colegas?

Enfiou o chip de partida na ignição e prendeu o cinto de segurança.

Viravolta Raiz estava se divertindo tremendamente. Por fim, o momento com o qual havia sonhado por tantas décadas chegara. O irmão mais novo estava à sua mercê.

— Pensei em manter você aqui pelas próximas vinte e quatro horas, até sua mágica ter sumido por completo. Então seremos verdadeiros irmãos de novo. Uma equipe de verdade. Talvez você decida se juntar a mim.

Caso contrário, certamente não estará liderando mais a caçada. A LEP não usa pessoal sem magia.

Raiz estava enrolado no chão, como uma bola, o rosto mais verde do que o traseiro de um duende.

— Vá sonhando — grunhiu. — Você não é meu irmão.

Viravolta apertou sua bochecha.

— Você vai me aceitar, irmãozinho. É incrível o que acontece com uma criatura do Povo em momentos de desespero. Acredite, eu sei.

— Nem sonhando.

Viravolta suspirou.

— Ainda teimoso. Provavelmente está pensando em escapar. Ou talvez acredite que, no fim, eu não consiga fazer mal ao meu irmãozinho. É isso? Você acredita que eu tenho coração? Talvez uma demonstraçãozinha...

Viravolta levantou a cabeça do capitão Kelp, que estava encostada no peito. Encrenca estava quase inconsciente. Jamais teria de novo cem por cento de seu potencial de magia. Não sem uma infusão dada por uma equipe de magos. E logo.

Viravolta levantou uma pequena gaiola junto ao rosto de Encrenca. Dentro dela, uma aranha Azul Túnel tentou arranhar o arame.

— Gosto dessas criaturas — disse Viravolta em voz suave. — São capazes de qualquer coisa para sobreviver. Fazem com que eu me lembre de mim. Esta vai ter um serviço fácil com o capitão, aqui.

Raiz tentou levantar uma das mãos.

— Viravolta, não.

— Eu preciso. Pense como se isso já estivesse feito. Você não pode impedir.

— Viravolta. Isso é assassinato.

— Assassinato é uma palavra. Apenas uma palavra.

Viravolta Raiz começou a puxar a tranca minúscula. Restavam apenas dois centímetros de metal prendendo a porta, quando uma lança de comunicação atravessou o telhado, cravando-se nas tábuas do piso. A voz amplificada de Holly explodiu pelo alto-falante da haste, sacudindo toda a casa.

— Viravolta Raiz — disse a voz. — Solte os prisioneiros e renda-se.

Viravolta fechou a tranca e guardou a gaiola no bolso.

— A garota está morta, não é? Quando vai parar de mentir para mim, Julius?

Julius estava fraco demais para responder. O mundo tinha se transformado num pesadelo. Ele estava respirando melaço.

Viravolta olhou para a lança de comunicação. Sabia que o instrumento levaria suas palavras ao transportador acima.

— A bela cabo, viva e bem de saúde! Ah, bom, não faz mal. Você não pode entrar e eu não vou sair. Se você entrar, eu sairei livre. Não somente isso, mas terei ganhado um transportador. Se você tentar me deter quando eu estiver pronto para sair, minha prisão será ilegal e meu advogado vai abrir suas entranhas como uma baleia num barco humano.

— Vou mandar essa casa pelos ares — alertou Holly através da lança de comunicação.

Viravolta abriu os braços.

— Mande. Você vai me tirar do sofrimento. Mas, quando o primeiro tiro chegar, eu darei minha aranha ao comandante. Os irmãos Raiz não sobreviverão ao ataque. Encare os fatos, cabo. Você não pode vencer enquanto esta casa estiver de pé.

Lá em cima, no transportador, Holly percebeu que Viravolta havia pensado em tudo. Conhecia o livro de normas da LEP melhor do que ela. Mesmo que ela tivesse a aeronave, Viravolta é que estava por cima. Se Holly violasse as regras, ele simplesmente sairia andando e decolaria em seu próprio transportador, que sem dúvida estava escondido ali por perto.

Você não pode vencer enquanto esta casa estiver de pé.

Ele estava certo. Ela não podia vencer enquanto uma residência humana cercasse seus colegas da LEP. Mas e se não houvesse residência?

Holly verificou rapidamente as especificações do transportador. Ele possuía os grampos normais de atracação na proa e na popa. Os grampos permitiam que o transportador fosse puxado para pousar em terreno irregular, mas também podiam ser usados para rebocar veículos, ou talvez para operações menos convencionais.

Você não pode vencer enquanto esta casa estiver de pé.

Sentiu o suor brotando na nuca. Será que estava doida? Será que o que tinha planejado se sustentaria num tribunal? Não importava, decidiu. Vidas estavam em risco.

Abriu as portas de segurança dos grampos de proa, inclinando o transportador para que o nariz apontasse para o chalé.

— Último aviso, Viravolta — disse Holly pela lança de comunicação. — Você vai sair?

— Ainda não, minha cara — foi a resposta animada. — Mas sinta-se à vontade para se juntar a nós.

Holly não queria mais conversa. Soltou os grampos de proa, apertando um interruptor. Naquele modelo específico os grampos eram operados por campos magnéticos opostos. Houve uma ligeira pulsação nas leituras quando os dois grampos cilíndricos saltaram da barriga do transportador e atravessaram direto o telhado do chalé.

Holly tinha ajustado os cabos para 20 metros, de modo que os grampos não chegassem à altura das cabeças. Garras se estenderam dos grampos, cravando-se em caibros de madeira, tábuas e reboco. Em seguida retraiu os grampos, descartando os detritos. A maior parte do telhado se foi, e a parede sul oscilou perigosamente. Holly tirou uma foto rápida e passou pelo computador, para análise.

— Computador — disse. — Questionário verbal.

— Prossiga — respondeu o computador com a voz de Potrus, o mago da tecnologia da LEP.

— Localizar pontos de sustentação de carga.

— Localizando.

Em segundos o computador havia reduzido a fotografia a uma representação linear em 3D. Quatro pontos vermelhos pulsavam suavemente no desenho. Se ela pudesse acertar um deles, toda a casa desmoronaria. Holly olhou mais de perto. Demolição tinha sido uma de suas matérias prediletas na Academia e podia ver que, se derrubasse a viga que atravessava a casa no sentido da empena, o que restasse da construção desmoronaria para fora.

Viravolta estava gritando para a lança de comunicação.

— Que brincadeira é essa? Você não pode fazer isso. É contra as regras. Mesmo que arranque o telhado, você não pode entrar na casa.

— Que casa? — perguntou Holly e disparou o terceiro grampo.

O grampo agarrou a trave e a arrancou dos tijolos. A casa gemeu como um gigante ferido de morte, depois estremeceu e desmoronou. Foi quase cômico, de tão súbito, e praticamente nenhum tijolo caiu para dentro. Viravolta Raiz ficou sem ter onde se esconder.

Holly pôs um ponto de laser no peito de Viravolta.

— Dê um passo e eu mando você para o oceano.

— Você não pode atirar em mim. Não tem certificação para combate.

— Não — disse uma voz ao lado dele. — Mas eu tenho.

Encrenca Kelp estava de pé, arrastando consigo a enorme cadeira. Lançou-se contra Viravolta Raiz e os dois caíram num emaranhado de pernas — de madeira e de carne e osso.

Lá em cima, no transportador, Holly bateu no painel. Estivera totalmente preparada para derrubar Viravolta Raiz com um tiro de laser; afinal de contas, era meio tarde para começar a se preocupar com regras. Pilotou o transportador até uma distância segura e desceu para pousar.

Nas ruínas do chalé, a força do comandante Raiz estava retornando lentamente. Agora que a residência humana fora destruída, a doença da magia estava sumindo depressa. Ele tossiu, balançou a cabeça e se ajoelhou.

Encrenca estava lutando com Viravolta no meio do entulho. Lutando e perdendo. Viravolta podia ser mais velho, mas estava possesso e lúcido. Dava socos e mais socos no rosto do capitão.

Julius pegou um fuzil no chão.

— Desista, Viravolta — disse com voz cansada. — Acabou.

Os ombros de Viravolta caíram e ele se virou lentamente.

— Ah, Julius. Irmãozinho. A coisa chegou a este ponto, de novo. Irmão contra irmão.

— Pare de falar, por favor. Deite-se no chão com as mãos na nuca. Você conhece a posição.

Viravolta não se deitou. Em vez disso, levantou-se devagar, falando de modo sedutor o tempo inteiro.

— Isto não precisa ser o final. Deixe que eu vá. Sairei da sua vida para sempre. Você nunca mais vai ouvir falar de mim, juro. Essa coisa toda foi um erro, agora estou vendo. Lamento sinceramente.

A energia de Raiz estava retornando, fazendo aumentar sua convicção.

— Cale-se, Viravolta, senão eu o acerto aí mesmo.

Viravolta deu um sorriso tranquilo.

— Você não pode me matar: nós somos irmãos.

— Não preciso matá-lo, só fazer com que desmaie. Agora olhe nos meus olhos e diga que eu não faria isso.

Viravolta analisou os olhos do irmão e encontrou a verdade ali.

— Não posso ir preso, irmão. Não sou um criminoso comum. A prisão iria me enlouquecer.

Num átimo, Viravolta enfiou a mão no bolso e pegou a minúscula gaiola de arame. Soltou a tranca e engoliu a aranha.

— Era uma vez um velho que engoliu uma aranha — disse ele. — Adeus, irmão.

Raiz atravessou a cozinha arruinada em três passos. Abriu um armário caído e começou a procurar no meio dos mantimentos. Pegou um vidro de café solúvel e abriu a tampa. Em mais dois passos estava ajoelhado perto do irmão caído, forçando punhados de pó de café pela garganta abaixo.

— Não vai ser tão fácil, Viravolta. Você é um criminoso comum e vai para a cadeia como um criminoso comum.

Depois de um momento, Viravolta parou de se sacudir. A aranha havia morrido. O velho elfo estava machucado, mas vivo. Raiz colocou rapidamente um par de algemas nos pulsos dele e correu até Encrenca.

O capitão já estava se sentando.

— Sem ofensa, comandante, mas os socos do seu irmão parecem de um diabrete.

Raiz quase sorriu.

— Sorte sua, capitão.

Holly veio correndo pelo caminho do jardim, atravessou o que tinha sido uma sala e entrou na cozinha.

— Está tudo bem?

Raiz tivera um dia especialmente estressante, e infelizmente Holly pegou algumas rebarbas.

— Não, Short, nem tudo está bem — rosnou ele, espanando o pó das lapelas. — Meu exercício foi estragado por um criminoso notório, meu capitão se deixou ser amarrado como um porco premiado e você desobedeceu uma ordem direta e pilotou um transportador. Isso significa que todo o nosso processo judicial está arruinado.

— Só o deste crime — disse Encrenca. — Ele ainda tem várias prisões perpétuas para cumprir, por crimes passados.

— Isso não vem ao caso — continuou Raiz, implacável. — Não posso confiar em você, Short. Você nos salvou, verdade, mas o Recon é uma unidade que age em sigilo, e você não é uma pessoa sigilosa. Pode parecer pouco razoável, depois de tudo que fez, mas acho que não existe lugar para você no meu esquadrão.

— Comandante — protestou Encrenca. — O senhor não pode chutar a garota depois de tudo isso. Se não fosse por ela eu estaria biodegradando agora mesmo.

— Esta decisão não é sua, capitão. E esta não é uma luta sua. O esquadrão precisa de confiança, e a cabo Short não mereceu a minha.

Encrenca estava perturbado.

— Perdão, mas o senhor não lhe deu uma chance justa.

Raiz olhou incisivamente para o oficial. Encrenca era um dos seus melhores subordinados e estava pondo o pescoço na forca pela garota.

— Muito bem, Short. Se puder fazer alguma coisa para que eu mude de ideia, agora é sua chance. Sua única chance. Bem, você pode fazer alguma coisa?

Holly olhou para Encrenca. E poderia jurar que ele dera uma piscadela. Isso lhe deu coragem para fazer uma coisa impensável, ridiculamente impertinente e insubordinada, dadas as circunstâncias.

— Só isso, comandante — disse ela.

Holly sacou sua pistola de tinta e deu três tiros no peito do comandante Raiz. O impacto o fez recuar um passo.

— Se você me acertar antes de eu acertá-la, estará dentro — murmurou Holly. — Sem perguntas.

Encrenca riu até vomitar. Literalmente. A doença da magia o tinha deixado com náusea.

— Ah, deuses — ofegou ele. — Ela pegou você, Julius. Foi isso que você disse. É o que vem dizendo nos últimos cem anos.

Raiz passou o dedo pela tinta que ia se solidificando no peitoral.

Holly olhou para os pés, convencida de que seria expulsa para sempre da polícia. À esquerda, Viravolta ligava para seu advogado. Bandos de pássaros protegidos giravam no alto. E, no campo, Unix e Bobb deveriam estar se perguntando o que os havia acertado.

Finalmente Holly se arriscou a levantar os olhos. As feições do comandante estavam retorcidas por emoções conflitantes. Havia raiva. E também descrença. E talvez, apenas talvez, um toque de admiração.

— Você me acertou mesmo — disse ele.

— Isso mesmo — concordou Encrenca. — Acertou.

— E eu disse...

— Disse mesmo.

Raiz se virou para Encrenca.

— Você é o quê? Um papagaio? Quer fechar essa matraca? Eu estou tentando engolir o orgulho.

Encrenca trancou os lábios e jogou fora a chave imaginária.

— Isso vai custar uma fortuna ao departamento, Short. Vamos ter de reconstruir a casa ou então gerar um maremoto localizado para encobrir os danos. São seis meses do meu orçamento.

— Sei disso, senhor — disse Holly humildemente. — Desculpe, senhor.

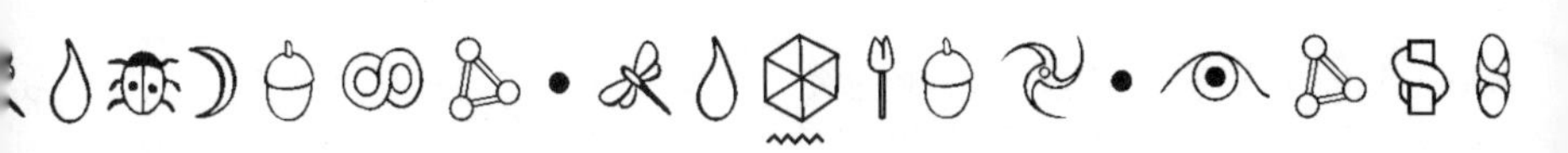

Raiz pegou sua carteira e tirou um broche de bolotas de carvalho, feitas de prata. Jogou-o para Holly que, de tão surpresa, quase não conseguiu pegar.

— Ponha-o. Bem-vinda ao Recon.

— Obrigada, senhor — disse Holly, prendendo a insígnia na lapela. O broche captou o sol nascente e brilhou como um satélite.

— A primeira fêmea no Recon — grunhiu o comandante.

Holly baixou o rosto para esconder um riso que não podia ser contido.

— Você não vai durar seis meses — continuou Raiz — e provavelmente vai me custar uma fortuna.

Estava errado com a primeira afirmação, mas acertou a segunda.

O CÓDIGO DO POVO

O Livro das Fadas, escrito em gnomês, contém a história e os segredos do Povo. Até agora Artemis Fowl era o único humano que conseguia ler a antiga língua. Com esta chave (p. 93) você também pode desvendar este antigo conselho:

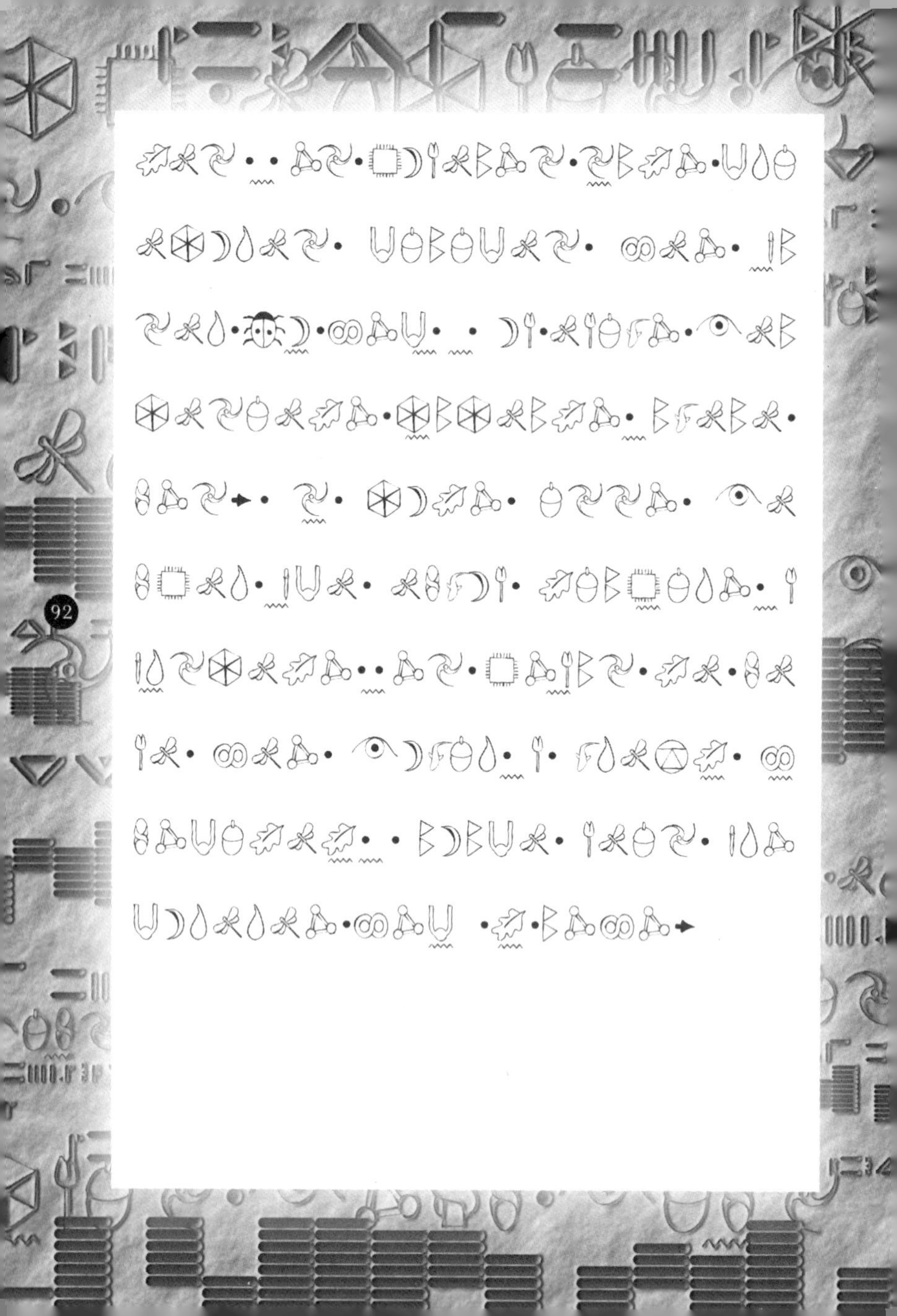

ALFABETO
GNOMÊS
a b c d e f g
h i j k l m n
o p q r s t u
v w x y z espaço ponto
Veja a tradução em www. record.com.br

O Povo — Um guia para o observador

Elfos

Características especiais:
Cerca de um metro de altura
Orelhas pontudas
Pele marrom
Cabelos vermelhos

Caráter:
Inteligentes
Forte sentimento do que é certo e errado
Muito leais
Senso de humor sarcástico, embora isso possa ser apenas de uma certa oficial da LEP

Gostam de:
Voar, seja num veículo ou com asas

Situações a evitar:
Eles não gostam que você os sequestre e tire seu ouro.

No Povo há muitos tipos diferentes de criaturas e, em cada caso, é importante você saber com o que está lidando. Estas são apenas algumas das informações coletadas por Artemis Fowl durante suas aventuras. O guia é confidencial e não deve cair em mãos erradas. O futuro do Povo depende disso.

Anões

Características especiais:

Baixos, rotundos e peludos

Dentes enormes parecendo lápides — bons para mastigar... bem, qualquer coisa

Mandíbulas destacáveis que lhes permitem escavar túneis

Pelos da barba sensíveis

Pele que funciona como ventosa quando está desidratada

Fedorentos

Caráter:

Sensíveis

Inteligentes

Tendências criminosas

Gostam de:

Ouro e pedras preciosas

Cavar túneis

Escuro

Situações a evitar:

Ficar em espaço confinado com eles depois de terem cavado túneis e ficarem com muito ar preso. Se eles estenderem a mão para a aba traseira da calça, saia de perto...

Trolls

Características especiais:
Enormes – grandes como elefantes
Olhos sensíveis à luz
Odeiam barulho
Peludos, com dreadlocks
Garras retráteis
Dentes! — montes e montes de dentes
Presas como as de um javali selvagem (um javali bem selvagem)
Língua verde
Excepcionalmente fortes
Ponto fraco na base do crânio

Caráter:
Muito, muito estúpidos — o troll tem um cérebro minúsculo
Maus e mal-humorados

Gostam de:
Comer — qualquer coisa. Duas vacas servem de tiragosto.

Situações a evitar:
Está brincando? Se você ao menos pensar que há um troll por perto, sebo nas canelas!

GOBLINS

Características especiais:
Escamosos
Olhos sem pálpebras — eles lambem os globos oculares para mantê-los úmidos
Conseguem lançar bolas de fogo
Correm de quatro quando a velocidade é importante
Língua dividida
Menos de um metro de altura
Pele gosmenta, à prova de fogo

Caráter:
Não são inteligentes, mas são espertos
Discutem muito
Ambiciosos
Sedentos de poder

Gostam de:
Fogo
Uma boa discussão
Poder

Situações a evitar:
Não fique no caminho se eles estiverem lançando uma bola de fogo.

CENTAUROS

Características especiais:

Meio homem, meio cavalo
Peludo — obviamente!
Os cascos podem ficar muito secos

Caráter:

Extremamente inteligentes
Vaidosos
Paranoicos
Gentis
Fanáticos por computador

Gostam de:

Aparecer
Inventar

Situações a evitar:

Não são muito perigosos fisicamente, mas ficam mal-humorados se você criticar sua última invenção, mexer no seu disco rígido ou pegar emprestado o hidratante de cascos

DUENDES

Características especiais:

Cerca de um metro de altura
Orelhas pontudas
Pele verde
Asas

Caráter:

Inteligência mediana
Uma atitude geralmente alegre

Gostam de:

Voar — mais do que qualquer outra coisa sob ou sobre a terra

Situações a evitar:

Cuidado com os duendes voando baixo — eles nem sempre olham para onde estão indo

Duendes Diabretes

Características especiais:

Cerca de um metro de altura

Orelhas pontudas

Afora as orelhas e a altura, os diabretes parecem quase humanos

Caráter:

Extremamente inteligentes

Sem moral

Espertos

Ambiciosos

Gananciosos

Gostam de:

Poder e dinheiro

Chocolate

Situações a evitar:

Nunca fique do lado errado de um duende diabrete, especialmente de um que seja inteligente e implacável, como Opala Koboi, a não ser que você seja brilhante como Artemis Fowl, claro.

Entrevista com Artemis Fowl II

Se você não fosse um gênio do crime, o que mais gostaria de fazer?
Acho que há muito trabalho a ser realizado no campo da psicologia. Se eu não tivesse as tramas criminosas para ocupar meu tempo, acho que dedicaria as energias consertando alguns erros cometidos pelos senhores Freud e Jung.

O que você realmente pensa da capitã Holly Short?
Tenho imenso respeito pela capitã Short e frequentemente desejo que ela pudesse passar para o meu lado. Mas sei que isso jamais acontecerá. Ela tem princípios demais. E se algum dia perdesse esses princípios, talvez eu também perdesse o respeito por ela.

Você já viajou muito. Qual é o seu lugar predileto no mundo? E por quê?
Meu local predileto no mundo é a Irlanda. Como diz o Povo das Fadas, é o local mais mágico. Suas paisagens são as mais inspiradoras do mundo. E o povo é espirituoso e genuíno, apesar de termos um lado sombrio.

Qual foi seu momento mais embaraçoso?
Uma vez tirei apenas noventa e nove numa prova de matemática. Fiquei arrasado. Tinha esquecido de arredondar a terceira casa decimal. Imagine meu embaraço.

Qual é o seu livro favorito?
Meu livro favorito nesta semana é *O senhor das moscas*, de William Golding. É um fascinante estudo psicológico de um grupo de garotos que sofreram um naufrágio e estão presos numa ilha. Não consigo

deixar de pensar que, se estivesse naquela ilha, eu arruinaria o lugar em uma semana.

Qual é a sua canção predileta?

Raramente ouço música popular, com a exceção de David Bowie, que é um tremendo camaleão. A gente nunca sabe exatamente o que esperar dele. Acho Bowie um indivíduo fascinante e estou pensando em abordá-lo com uma armação que bolei para redescobrir uma ópera perdida de Mozart, que, claro, eu escrevi. Minha canção predileta do senhor Bowie é "It's No Game Part 2", do CD *Scary Monsters.*

O que mantém você acordado à noite?

Meus planos. Eles ficam passando pela cabeça à noite e me mantêm acordado. Há mais uma coisa que me mantém acordado. Algumas vezes me sinto mal com relação às coisas que fiz. Se esse sentimento de culpa surge, faço uma rápida verificação *on-line* do meu saldo bancário e logo ele vai embora.

Qual é seu bem mais precioso?

Meu bem mais precioso é um conjunto de equipamentos da LEP que Butler confiscou de uma equipe de resgate do Povo. Há milhares de invenções ali que jamais foram vistas pelos humanos. Elas serão meu fundo de aposentadoria.

Quem é o seu melhor amigo?

Acho que combinamos que esta pergunta não seria feita. Se meus inimigos descobrissem quem é meu melhor amigo (ou amiga) poderiam usá-lo(a) para chegar até mim. Deixe-me dizer apenas que meu melhor amigo(a) jamais fica distante e está comigo desde o dia em que nasci.

ENTREVISTA COM A CAPITÃ HOLLY SHORT

Você se incomoda em ser a única elfo do sexo feminino na Unidade LEPrecon?

Algumas vezes é uma chatice. Seria legal ter uma colega com quem conversar no fim de um turno longo. No início alguns dos policiais me causavam um bocado de dificuldade. Agora estão ocupados demais, tentando quebrar meus recordes de pilotagem, para me insultar.

De que momento você sente mais orgulho?

O momento que me dá mais orgulho foi quando acabamos com a revolução dos goblins. Se aqueles gângsteres escamosos conseguissem dominar a Delegacia Plaza, toda a nossa cultura teria sido destruída.

Qual o seu momento mais embaraçoso?

Uma vez fui mordida no traseiro por um sapo xingador. Estávamos livrando um túnel de um troll descontrolado e o sujeitinho simplesmente pulou de um buraco e arrancou um pedaço da minha carne. Foi um pedaço pequeno, mas o veneno provocou um tremendo inchaço. Jamais vou superar aquele dia. Só espero que Artemis Fowl não fique sabendo disso.

Frequentemente você arranja problemas com o comandante Raiz por não seguir as regras. Você costumava ter problemas na escola por não seguir as regras?

Meu pai sempre me ensinou a fazer o que é certo, não importando o preço. E é o que eu faço. As regras são importantes, mas fazer a coisa certa é mais importante. Algumas vezes isso me causou problemas na escola. Nunca consigo ficar de boca fechada se vejo alguém sendo perseguido ou punido injustamente. É como sou.

Qual era sua matéria predileta na escola?
Eu adorava a escola virtual. A gente colocava um Capacete-V e viajava pela história. Aqueles capacetes são incríveis — têm até filtros de ar especiais para a gente sentir o cheiro do período que está estudando.

O que você realmente acha de Artemis Fowl?
Tenho duas opiniões sobre Artemis. Metade de mim quer abraçá-lo e a outra metade quer jogá-lo numa cela por alguns meses, para dar uma lição. Apesar de toda sua inteligência, Artemis não entende as consequências de suas tramas. Cada vez que ele parte numa aventura alguém acaba se machucando. E Butler nem sempre vai estar por perto para salvá-lo. E eu nem sempre vou estar por perto para salvar Butler.

Quais são os seus passatempos?
Leio um bocado. Principalmente os clássicos — Horri Antowitz é um bom autor, e Burge Melviss. Gosto de um bom livro policial. Também gosto de esmagobol: jogo na liga da polícia. Sou a segunda encharcadora, o que realmente pode esgotar uma garota.

Qual é o seu bem mais precioso?
Ainda tenho o distintivo com bolotas de carvalho de prata, dado pelo próprio comandante Raiz. Não importa quantas medalhas e promoções eu receba, o primeiro distintivo ainda é o melhor.

O que mantém você acordada à noite?
Em algumas noites fico acordada pensando no que os humanos estão fazendo com o planeta. E me pergunto quanto tempo vai se passar até que eles nos descubram. Em outras noites, quando estou me sentindo meio paranoica, juro que consigo ouvir máquinas humanas acima da minha cabeça. Cavando. Furando.

Quem é seu melhor amigo?

Essa é difícil. Terei de escolher dois: Potrus e o capitão Encrenca Kelp. Os dois salvaram minha vida mais de uma vez. E ficaram do meu lado nos tempos ruins, quando todo mundo tinha me descartado como uma fracassada.

ENTREVISTA COM BUTLER

Quais são as três principais dicas para ser um guarda-costas de sucesso?
Treine muito: não há substituto para o conhecimento.
Escute seu *sensei*: ele tem a experiência de que você precisa.
Esteja preparado para sacrificar tudo em nome do serviço.

Você é muito chegado à sua irmã mais nova, Juliet. Ficou satisfeito quando ela decidiu seguir seus passos? Acha que ela será uma boa guarda-costas?
Eu esperava que Juliet escolhesse outra profissão. Juliet tem energia demais para ficar presa num uniforme de guarda-costas. Acho que minha irmãzinha ainda pode se decidir por uma profissão menos perigosa, como luta-livre.

Qual é o seu bem mais precioso?
Meu bem mais precioso está gravado na pele. É uma tatuagem na forma de um diamante azul, da Academia de Guarda-costas da Madame Ko. Fui o mais jovem formando na academia, e esta tatuagem me dá acesso a círculos que a maioria das pessoas nem sabe que existem. É como levar um currículo no braço.

Qual é o seu livro favorito?
Não tenho muito tempo para ler. Os planos de Artemis me mantêm sempre alerta. Leio principalmente manuais de helicópteros e fico de olho nas previsões do tempo e nas notícias de última hora. Se tenho um momento para mim, gosto de uma boa história romântica. Se você contar isso a alguém, eu o caçarei até o fim do mundo.

Qual sua melhor lembrança de infância? Por quê?
Ainda lembro os dias que passei, na adolescência, ensinando minha irmãzinha, que na época era bebê, a lutar *kickboxing* em sua caixa de areia.

Qual a sua canção preferida?
Gosto da banda irlandesa U2. A música "I Still Haven't Found What I'm Looking For" poderia ter sido escrita para o jovem patrão Artemis.

Qual o seu filme favorito?
Não gosto de filmes de pancadaria, fazem lembrar muito a vida real. Gosto de uma boa comédia romântica. Afasta a mente das tensões do trabalho. Meu filme predileto de todos os tempos é *Quanto mais quente melhor*.

Qual é o lugar do mundo de que você mais gosta? E por quê?
Meu local predileto no mundo é perto do jovem patrão Artemis, onde quer que ele esteja. Uma coisa de que estou certo é que, não importa onde estivermos, não sentirei tédio.

Os guarda-costas têm de ser corajosos. O que amedronta você?
Todos os guarda-costas têm o mesmo medo: tememos o fracasso. Se acontecesse a Artemis alguma coisa que eu pudesse ter impedido, isso me assombraria pelo resto da vida.

ENTREVISTA COM PALHA ESCAVATOR

Algum dia você já se arrependeu de levar uma vida de crimes?
Não acho que minha vida seja de crimes. Penso nisso como redistribuição de riqueza. Só estou tomando dos humanos o que eles roubaram de nós. De modo que não, não me arrependo de meu passado, só de ser apanhado. De qualquer modo, vou ser honesto daqui para a frente. Honestamente.

Todos os anões são particularmente chegados a soltar gases, o que poderia ser embaraçoso para um Homem da Lama. Qual foi seu momento mais embaraçoso?
Os anões costumam ter ataques de pum, o que não é embaraçoso em si, é natural. Mas na profissão que escolhi os puns barulhentos podem ser prejudiciais. Eu estava quase no salão principal do Louvre uma vez quando uma explosão particularmente forte disparou os sensores de movimento. Durante anos riram disso na Penitenciária de Atlântida.

O que mais deixa você feliz?
A maior felicidade dos anões é cavar túneis. Assim que pegamos aquele primeiro bocado de terra nos sentimos à vontade e em segurança. Na verdade acho que os anões são uma espécie mais próxima das toupeiras do que dos humanos.

Qual o seu momento de maior orgulho?
Fiquei muito orgulhoso quando, sozinho, salvei Artemis e Holly da morte certa na Exposição das Onze Maravilhas nos Elementos de

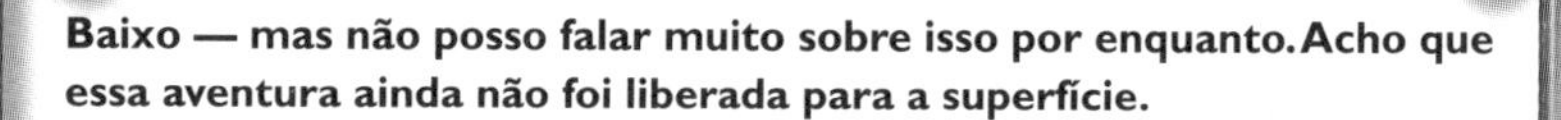

Baixo — mas não posso falar muito sobre isso por enquanto. Acho que essa aventura ainda não foi liberada para a superfície.

Você passou por muitos apertos nas aventuras com Artemis Fowl. Qual seu momento de maior pavor?
Devo admitir que fiquei petrificado daquela vez, embaixo da Mansão Fowl, quando tinha acabado de mergulhar no meu túnel e Butler me agarrou pelos tornozelos. Acredite, Butler furioso é a última pessoa que você vai querer arrastando-o para qualquer lugar. Obviamente isso aconteceu antes de virarmos amigos.

O que você realmente pensa de Artemis Fowl e Butler?
Gosto do garoto. Nós temos o mesmo interesse: ouro. Trabalhamos juntos no Projeto Fei Fei e vejo um longo futuro de cooperação.

Capitã Holly Short, Comandante Julius Raiz ou Potrus? De quem você gosta mais? Por quê?
Não do Julius, isso é certo. Eu o respeito, sim, mas gostar? Não acho que alguém goste realmente de Julius, a não ser seus policiais — todos morreriam por ele. Só os deuses sabem por quê! Eu teria de dizer que Holly é minha preferida. Ela salvou meu traseiro algumas vezes, mas não é só isso. Holly é a mais rara das criaturas: uma amiga leal. E a gente não encontra muito disso por aí.

Que conselho você daria a um jovem anão?
Sempre mastigue suas pedras antes de engolir. Assim elas passam mais fácil, e seus dentes precisam mastigar coisas duras. E segundo: nunca coma a mesma terra duas vezes, se puder evitar.

Você prefere acima ou abaixo da terra? E por quê?
Há um campo no condado de Kerry, na Irlanda, onde o solo é puro e livre de produtos químicos. Gosto de cavar um buraquinho de uns seis metros de profundidade e ouvir o mar batendo nas pedras a dois campos de distância.

ENTREVISTA COM POTRUS

De que invenção você sente mais orgulho?

É difícil escolher apenas uma — registrei mais patentes do que qualquer outra criatura do Povo. Se tivesse de escolher uma, diria que as torres de parada temporal: um conjunto de cinco torres portáteis que permitem à LEP armazenar sob a forma de bateria a capacidade de parada de tempo de vários magos, depois gerar sua própria parada temporal sempre que for preciso. É engenhoso, mesmo sendo eu dizendo isso. Aquelas torres nos tiraram de várias encrencas, inclusive durante o cerco à Mansão Fowl.

Quem, ou o quê, o inspira?

Devo admitir que frequentemente leio meus próprios artigos nas revistas científicas e me inspiro. Mas, além de mim, minha principal inspiração é a duende Opala Koboi. Opala é uma louca criminosa, mas tem uma bela percepção de engenharia e economia. Seu projeto da asa Duplodex revolucionou o voo solo, e a cada vez que ela conseguiu um avanço eu me senti instigado a fazer melhor.

Quais são suas três principais dicas para se tornar um inventor?

Inventar coisas que as pessoas queiram. Guarde suas ideias até estar pronto para patentear sua invenção. E sempre use um chapéu de folha de alumínio para refletir os raios de sondagem cerebral. Esses raios ainda não foram inventados, mas nunca se sabe.

Quais são os seus passatempos?

Quando não estou no laboratório gosto de ler matérias sobre mim ou assistir a vídeos dos meus discursos nas convenções científicas. Recentemente comecei a fazer dança de salão.

Qual é sua lembrança favorita?

Lembro-me do momento exato em que meu pensamento rápido terminou com a revolução dos goblins. Se não fosse eu, todo mundo na Delegacia Plaza iria trocar de pele duas vezes por ano. Mas me deram uma medalha? Puseram uma estátua minha na praça? Não. Não existe gratidão.

Qual era sua matéria predileta na escola, além de ciência?

Sempre me considerei um pouco artista plástico. Abandonei esse sonho quando o professor de artes disse que minhas paisagens eram mais chapadas do que uma folha de papel de arroz passada a ferro. Acho que isso não é uma coisa boa. Fiquei arrasado e nunca mais segurei um pincel.

O que mantém você acordado à noite?

Minhas ideias me mantêm acordado, e a ideia de que alguém as patenteie antes de mim. Tenho sempre um computador ligado ao lado da cama, para o caso de alguma coisa surgir na semiconsciência, entre a vigília e o sono.

Bem mais precioso?

Tenho uma coleção de chapéus de folha de alumínio. Um para cada ocasião. Descobri um artesão que decora meus chapéus com imagens interessantes. Na semana passada notei dois outros técnicos usando chapéus de alumínio. Acho que posso ter iniciado uma moda.

Que Homem da Lama você mais admira?

Admiro o ambientalista siciliano Giovanni Zito. É um dos poucos humanos que estão tentando tornar o mundo um lugar melhor. Se o resto do mundo adotasse sua tecnologia de usina de vento solar, as emissões de carbono cairiam em setenta por cento em dez anos. Se ao menos Zito tivesse o cérebro de Artemis Fowl!

Quem é seu melhor amigo?

Minha melhor amiga sob a terra é Holly Short. Nós dois somos viciados em trabalho, por isso não nos vemos tanto quanto gostaríamos, mas de

algum modo ela sempre consegue um tempo para mim, especialmente quando o trabalho está me exaurindo. Sempre que estou quase esmagando um computador, por pura frustração, levanto os olhos e vejo Holly ao lado, balançando uma cenoura. É uma elfo especial.

ENTREVISTA COM O COMANDANTE JULIUS RAIZ

Por que o senhor é mais duro com a capitã Holly Short do que com outros oficiais do Recon? E por que foi tão contrário a policiais fêmeas entrarem no Recon?
Eu não fui contra policiais fêmeas no Recon, só duvidava que elas pudessem passar no teste. Sinto-me feliz em dizer que Holly mostrou que eu estava errado, e agora existem mais seis candidatas na fila. Fui duro com Holly porque tinha lido seu relatório psicológico e sabia que minha atitude a deixaria mais decidida a passar pela iniciação. Naturalmente eu estava certo.

Qual foi seu momento de maior orgulho?
Meu momento de maior orgulho foi quando a capitã Short acabou com a rebelião dos Goblins. Eu tinha posto um bocado de fé naquela elfo, e ela não me deixou na mão.

O que faz o senhor gargalhar?
Nada. Raramente rio, praticamente nem sequer sorrio, e não gargalho há duzentos anos. É ruim para a disciplina — e se alguém disser que me viu gargalhando quero saber o nome e a patente do dito cujo.

O senhor e Potrus parecem ter um relacionamento de amor e ódio. O que realmente acha dele?
Amor e ódio? Bem, você está meio certo. Na maior parte do tempo quero dar um chute naquele centauro presunçoso e expulsá-lo do meu prédio. Mas admito, contra a vontade, que as geringonças dele costumam ser úteis. Se não fossem, ele estaria desempregado num instante.

Quais são suas três principais dicas para se tornar um ótimo policial da LEPrecon?
Primeira: ouça o seu comandante — ele está sempre certo.
Segunda: ignore todas as intuições, a não ser que tenham sido sugeridas por seu comandante, que está sempre certo.
Terceira: na dúvida, chame seu comandante. Aquele que está sempre certo.

Se não fosse comandante da LEP, o que o senhor gostaria de ser?
Sempre me imaginei como paisagista ou mímico. Está maluco?! A LEP é o único trabalho para mim. Se ela não existisse eu teria de inventá-la.

Qual era sua matéria predileta na escola? Por quê?
Sempre gostei de história, especialmente estratégia militar. Aos seis anos sabia exatamente o que o rei Fronde deveria ter feito na Batalha do Cozido Ocre. Se eu fosse seu especialista em tática talvez sua dinastia tivesse durado mais alguns séculos.

Encrenca Kelp ou Holly Short? Qual é o melhor policial do Recon, em sua opinião?
Encrenca é mais confiável, mas Holly é mais instintiva. Se eu estivesse preso numa armadilha diabólica ia querer Encrenca para achar a armadilha e Holly para me tirar dela.

O senhor acha que os Homens da Lama e o Povo poderiam viver em harmonia?
Duvido. Os Homens da Lama não conseguem viver em harmonia nem com eles mesmos. Mas tenho de admitir que nossa vigilância revelou uma significativa mudança de humor nas gerações mais novas nos últimos anos. Elas são menos belicosas e mais compreensivas. De modo que talvez haja alguma esperança.

ENTREVISTA COM EOIN COLFER

Qual o seu livro preferido?
Stig of the Dump

Qual sua canção preferida?
"The Great Beyond", do REM

Qual o seu filme preferido?
O silêncio dos inocentes

Quais são seus bens mais preciosos?
Livros

Quando você começou a escrever?
Minha primeira tentativa de escrever de verdade foi na sexta série. Escrevi uma peça para a turma sobre deuses nórdicos. Todo mundo morria no fim, menos eu.

De onde você tira suas ideias e inspirações?
A inspiração vem da experiência. Minha imaginação parece um caldeirão borbulhando com todas as coisas que vi e os lugares que visitei. Meu cérebro mistura tudo e regurgita de volta de um modo que espero que seja original.

Você poderia dar suas três principais dicas para virar um escritor de sucesso?
1. Exercite-se — escreva todo dia, mesmo que seja por apenas dez minutos. Lembre-se, nada é desperdiçado. Com o tempo seu estilo vai surgir. Persevere!

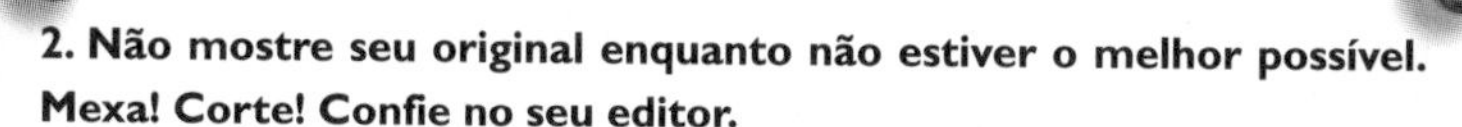

2. Não mostre seu original enquanto não estiver o melhor possível. Mexa! Corte! Confie no seu editor.

3. Consiga um bom agente — ele pode encontrar o editor certo para você.

Qual é a sua lembrança favorita?

Uma das minhas lembranças prediletas é do dia do meu casamento, quando minha mulher e suas três irmãs se enfileiraram para uma dança irlandesa improvisada — foi um precursor do famoso espetáculo *Riverdance*.

Qual é o seu lugar predileto no mundo? E por quê?

Slade, uma pequena aldeia de pescadores na Irlanda. É onde eu passava as férias na juventude, pescando, e agora volto lá com meu filho.

Quais são os seus passatempos?

Meu principal passatempo é ler: leio até os rótulos dos vidros! Também adoro teatro e escrevi algumas peças. Recentemente fui apresentado ao páraquedismo!

Se não fosse escritor, o que você acha que seria?

Se não fosse escritor acho que teria continuado como professor primário. A garotada é uma excelente fonte de inspiração.

Escola Saint Bartleby's para Jovens Cavalheiros

Relatório anual

Aluno: Artemis Fowl II
Ano: Primeiro
Anuidade: Paga
Tutor: Dr. Po

Literatura

Pelo que posso dizer, Artemis não fez qualquer progresso desde o início do ano. Isso porque suas habilidades estão além do alcance da minha experiência. Ele memoriza e entende Shakespeare depois de uma única leitura. Encontra erros em todos os exercícios que administro e passou a dar risinhos quando tento explicar alguns dos textos mais complexos. No ano que vem pretendo ceder ao seu pedido e lhe dar um passe para a biblioteca durante o horário da minha aula.

Matemática

Artemis é irritante. Num dia responde corretamente a todas as minhas perguntas, no outro todas as respostas são erradas. Ele diz que isso é um exemplo da teoria do caos, que só está tentando me preparar para o mundo real. Diz que a noção de infinito é ridícula. Francamente, não sou treinado para lidar com um garoto como Artemis. A maioria dos meus alunos tem dificuldade para contar sem a ajuda dos dedos. Sinto dizer que não há nada que eu possa ensinar a Artemis sobre matemática, mas alguém deveria lhe ensinar bons modos.

Estudos sociais

Artemis desconfia de todos os textos de história, diz que a história foi escrita pelos vencedores. Prefere a história viva, em que os sobreviventes podem ser entrevistados. Obviamente isso torna um tanto difícil estudar a Idade Média. Artemis pediu permissão para construir uma máquina do tempo no ano que vem para que toda a turma possa ver por si a Irlanda medieval. Concordei. E não ficarei totalmente surpreso se ele tiver sucesso!

Ciência

Artemis não se vê como estudante, e sim como um obstáculo às teorias da ciência. Insiste que faltam alguns elementos na tabela periódica e que a teoria da relatividade fica muito bem no papel, mas que não se sustenta no mundo real porque o espaço se desintegra antes do tempo. Cometi o erro de argumentar uma vez, e o jovem Artemis me deixou à beira das lágrimas em segundos. Artemis pediu permissão para realizar análise de falhas no próximo ano, na escola. Devo concordar com o pedido, já que não há nada que ele possa aprender comigo.

Desenvolvimento social e pessoal

Artemis é bastante perceptivo e extremamente intelectual. Pode responder perfeitamente às perguntas sobre qualquer perfil psicológico, mas apenas porque conhece a resposta perfeita. Acho que Artemis considera os outros meninos infantis demais. Recusa-se a se socializar, preferindo trabalhar em seus vários projetos durante os períodos livres. Quanto mais trabalha sozinho, mais isolado fica, e, se não mudar os hábitos logo, pode se isolar completamente de todo mundo que deseja ser seu amigo, e, em última instância, de sua família. Precisamos nos esforçar mais.

QUESTIONÁRIO DO POVO

Siga este teste simples para ver se você pode ser descendente do Povo das Fadas:

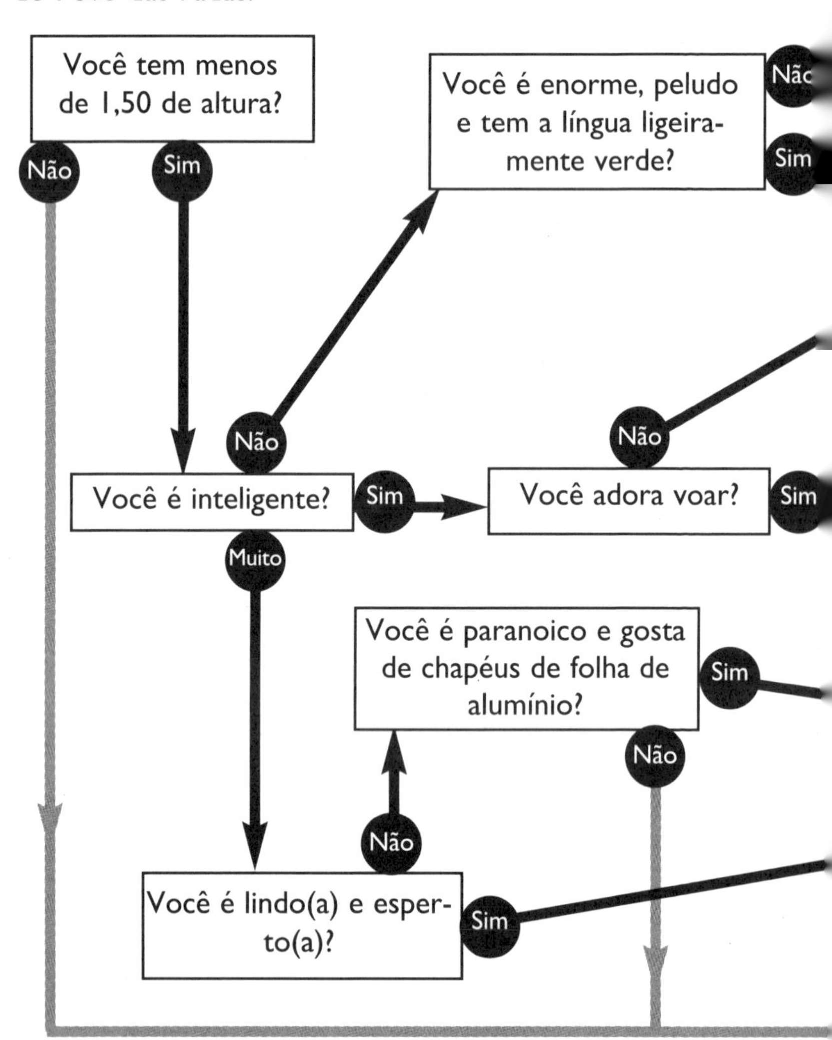

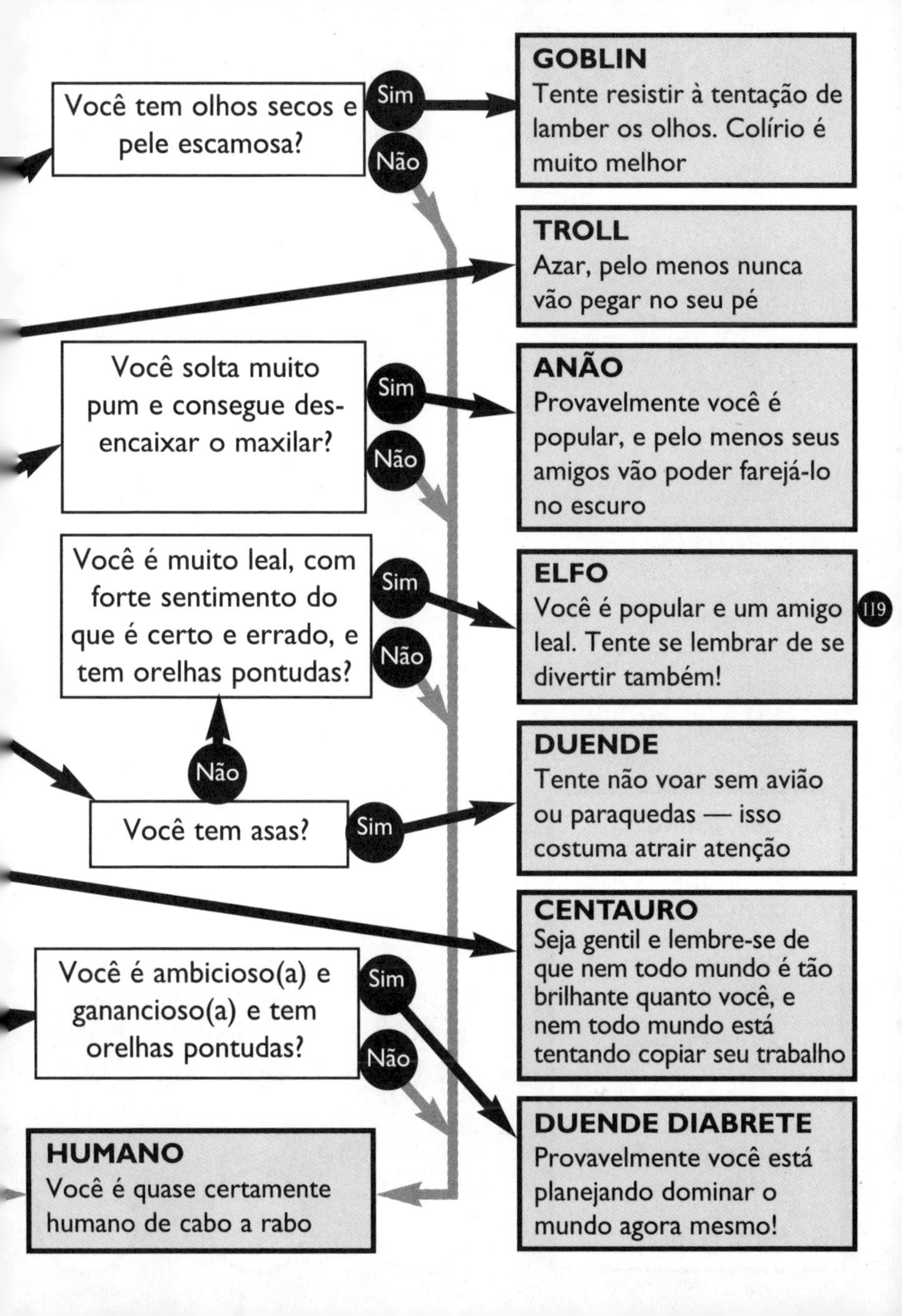

Você tem olhos secos e pele escamosa?
Sim
Não
GOBLIN
Tente resistir à tentação de lamber os olhos. Colírio é muito melhor
TROLL
Azar, pelo menos nunca vão pegar no seu pé
Você solta muito pum e consegue desencaixar o maxilar?
Sim
Não
ANÃO
Provavelmente você é popular, e pelo menos seus amigos vão poder farejá-lo no escuro
Você é muito leal, com forte sentimento do que é certo e errado, e tem orelhas pontudas?
Sim
Não
ELFO
Você é popular e um amigo leal. Tente se lembrar de se divertir também!
Não
Você tem asas?
Sim
DUENDE
Tente não voar sem avião ou paraquedas — isso costuma atrair atenção
CENTAURO
Seja gentil e lembre-se de que nem todo mundo é tão brilhante quanto você, e nem todo mundo está tentando copiar seu trabalho
Você é ambicioso(a) e ganancioso(a) e tem orelhas pontudas?
Sim
Não
DUENDE DIABRETE
Provavelmente você está planejando dominar o mundo agora mesmo!
HUMANO
Você é quase certamente humano de cabo a rabo

DO PORTO À TERRA: LOCA

Há muitas estações de transportadores em todo o mundo, onde as criaturas do Povo vêm e vão entre os humanos. Os locais são segredos muito bem guardados. Até agora Artemis Fowl conhece a localização de algumas dessas estações.

Você é capaz de comparar a localização das estações com os locais abaixo?

- A Tara, Irlanda
- B Murmansk, Norte da Rússia
- C Martina Franca, Itália
- D Wajir, Quênia
- E Los Angeles, EUA
- F Stonehenge, Reino Unido
- G Paris, França

E TRANSPORTE DO POVO

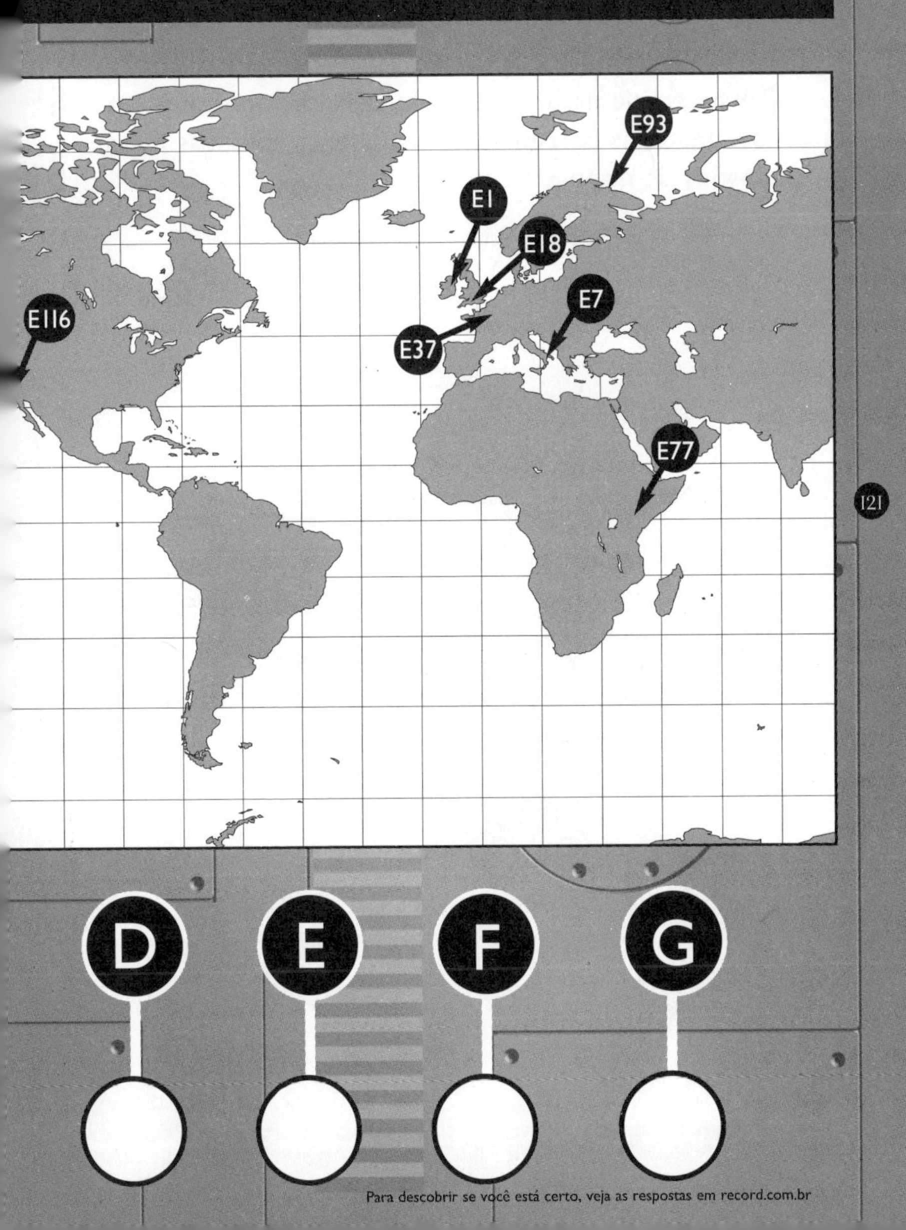

Para descobrir se você está certo, veja as respostas em record.com.br

INVENÇÕES DE POTRUS

Casulo de titânio: Capaz de transportar policiais da LEP à superfície da terra, usando seu próprio motor ou aproveitando as correntes de gás quente liberadas pelas explosões de magma.

Barbatana estabilizadora retrátil
Janela
Câmera externa
Porta
Poltrona de contenção
Para-choque
Cinto de segurança
Lacre de borracha
Joystick
Canos de descarga
Garra

© Potrus

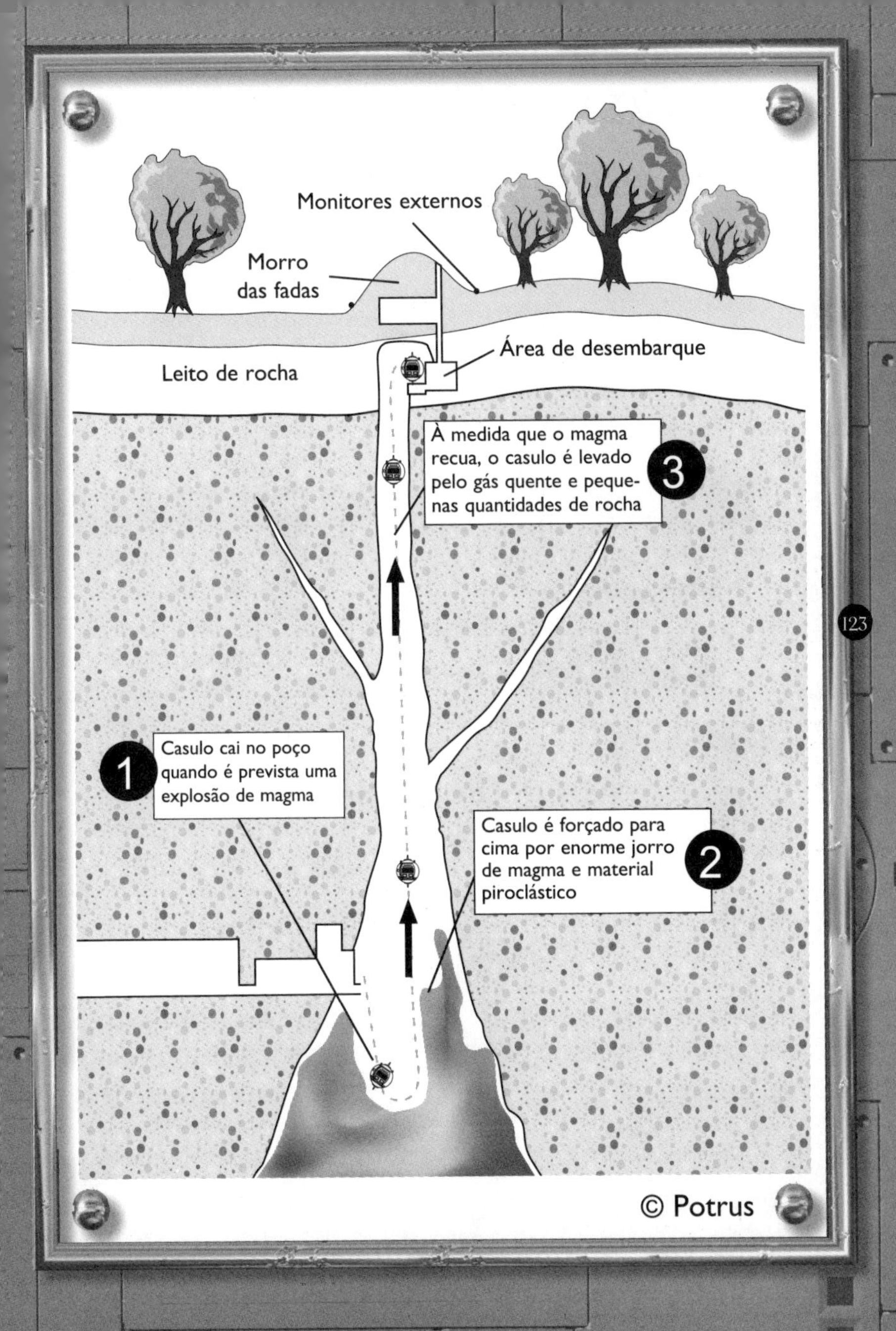
Monitores externos
Morro
das fadas
Área de desembarque
Leito de rocha
À medida que o magma
recua, o casulo é levado
pelo gás quente e peque-
nas quantidades de rocha
3
1
Casulo cai no poço
quando é prevista uma
explosão de magma
Casulo é forçado para
cima por enorme jorro
de magma e material
piroclástico
2
© Potrus
123

INVENÇÕES DE POTRUS

Equipamento de um membro do Esquadrão de Resgate da LEP

Localizador

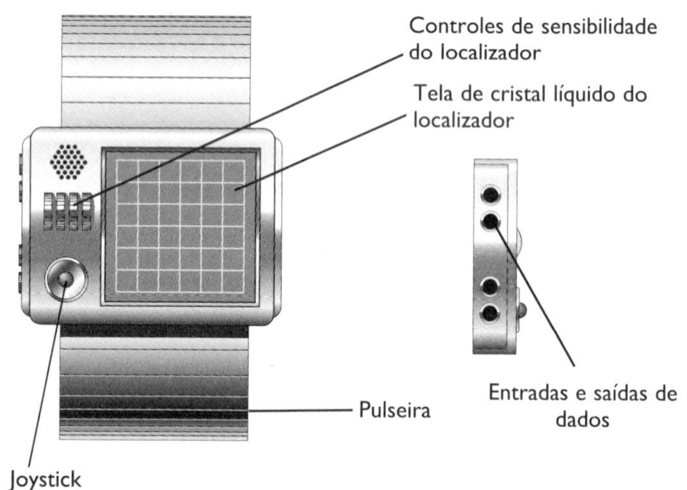

Asas (modelo "Libélula")

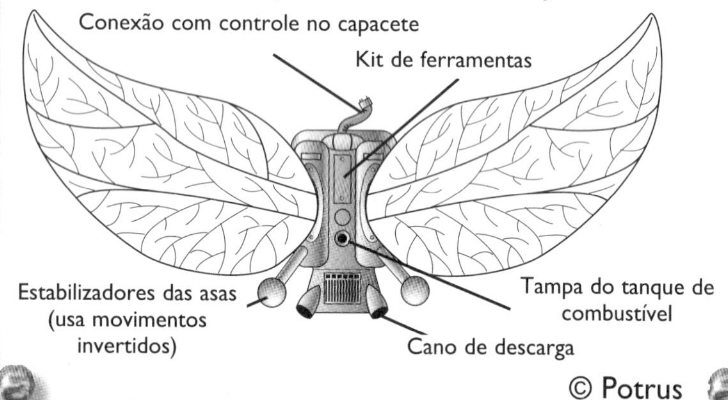

© Potrus

Capacete

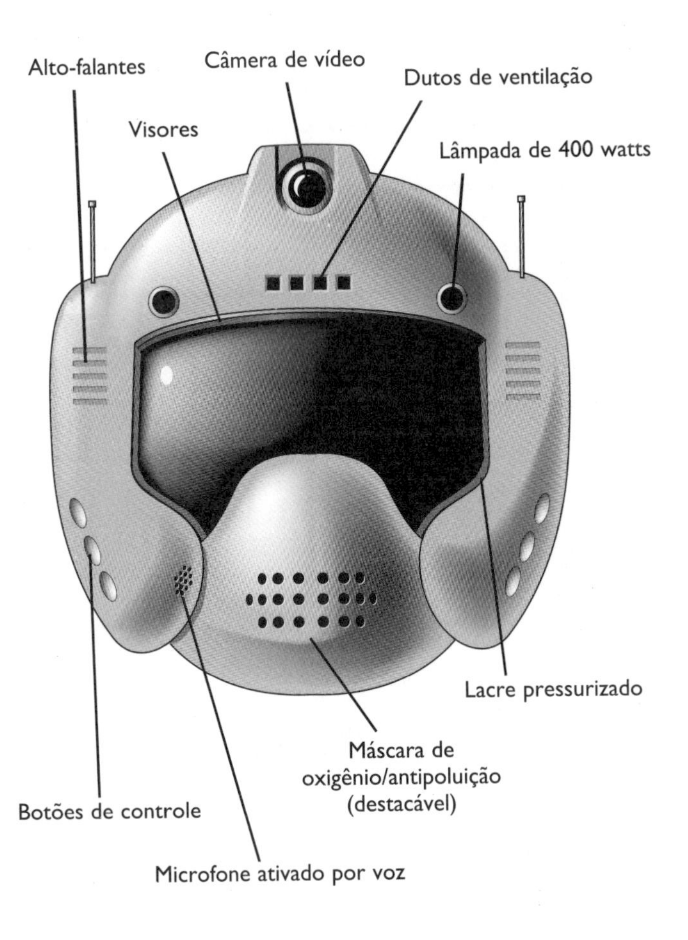

Alto-falantes
Câmera de vídeo
Dutos de ventilação
Visores
Lâmpada de 400 watts
Lacre pressurizado
Máscara de oxigênio/antipoluição (destacável)
Botões de controle
Microfone ativado por voz

PALAVRAS CRUZADAS

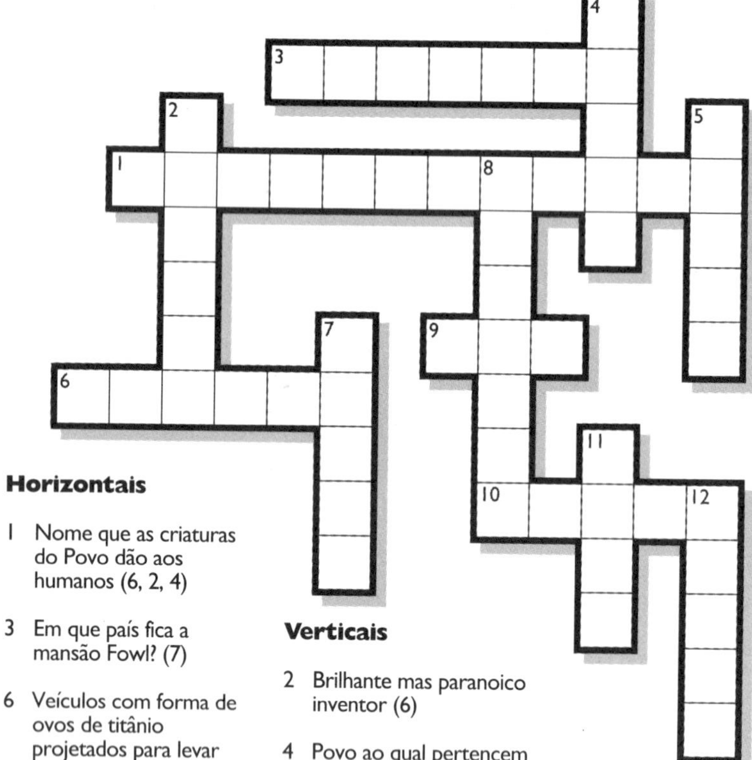

Horizontais

1 Nome que as criaturas do Povo dão aos humanos (6, 2, 4)

3 Em que país fica a mansão Fowl? (7)

6 Veículos com forma de ovos de titânio projetados para levar criaturas do Povo até a superfície da terra (6)

9 Sigla da instituição policial à qual Holly pertence (3)

10 Sobrenome da única policial feminina do LEPrecon (5)

Verticais

2 Brilhante mas paranoico inventor (6)

4 Povo ao qual pertencem os elfos, trolls, duendes, goblins etc... (5)

5 Anão criminoso com sério problema de gases (5)

7 Cidade do ———. Lar do Povo das Fadas (5)

8 Nome da deusa da caça e também de um jovem gênio do crime (7)

11 O que a capitã Holly adora fazer, com a ajuda dos mais recentes projetos de Potrus (4)

12 Provavelmente a mais perigosa criatura do Povo, como Butler descobriu em *Artemis Fowl* (5)

CAÇA-PALAVRAS

Descubra as doze palavras escondidas. Elas podem estar na horizontal, na vertical, na diagonal ou de trás para a frente.

M	P	T	H	O	R	I	T	U	A	L
I	S	S	U	E	L	G	R	O	O	X
N	W	R	M	A	C	C	O	H	P	R
D	O	X	R	D	O	X	L	Z	V	E
A	S	A	G	I	N	O	L	A	A	L
I	C	V	O	T	T	B	P	N	N	T
P	A	R	L	N	M	E	I	A	C	U
E	L	F	O	A	A	Z	M	O	L	B
G	G	O	B	L	I	N	I	T	W	A
I	S	E	G	T	K	N	X	A	X	X
O	W	Q	M	A	Z	C	E	R	R	J
D	U	E	N	D	E	P	L	A	Z	A

O RITUAL
ATLÂNTIDA
TROLL
OPALA

ASA
GOBLIN
RAIZ
TARA

ELFO
BUTLER
DUENDE
OURO

Veja as respostas em record.com.br

Este trecho do arquivo Artemis Fowl na Liga de Elite da Polícia está lacrado e não pode ser acessado por qualquer pessoa com autorização de segurança abaixo de alfa+. O caso Fei Fei ocorreu pouco depois do primeiro contato do Povo das Fadas com Artemis Fowl. Na ocasião, a mãe de Artemis tinha sido curada pela capitã Holly Short, da LEP, mas seu pai ainda estava desaparecido, supostamente morto, no norte da Rússia.

O
SÉTIMO
ANÃO

CAPÍTULO 1: A TIARA DE LADY FEI FEI

Embaixo do edifício Fleursheim Plaza, Manhattan. Nova York.

ANÕES cavam túneis. É o que nasceram para fazer. Seus corpos se adaptaram durante milhões de anos para torná-los eficientes escavadores. O maxilar de um anão pode ser deslocado à vontade, para que ele abra um túnel usando a boca. Os restos são expelidos em jatos pelo traseiro, abrindo caminho para o próximo bocado.

O anão que nos interessa é o notório bandido do povo das fadas Palha Escavator. Palha achava que o roubo combinava muito mais com sua personalidade do que a mineração. Os turnos de trabalho eram mais curtos, os riscos menos sérios, e os preciosos metais e as pedras que ele pegava dos homens da lama já estavam processados, forjados e polidos.

O alvo desta noite era a tiara de Lady Fei Fei, uma lendária diplomata chinesa. A tiara era uma obra-prima de arranjos em jade e diamantes engastados em ouro branco. Seu valor era inestimável, mas Palha iria vendê-la por muito menos.

Atualmente a tiara estava em turnê como a peça central de uma exposição de arte do Oriente. Na noite em que nossa história começa, ela estava guardada no Fleursheim Plaza a caminho do Museu Clássico. Somente por uma noite a Tiara Fei Fei estava vulnerável, e Palha não pretendia perder a chance.

Incrivelmente, a pesquisa geológica original para a construção do Fleursheim Plaza se encontrava disponível na Internet, o que permitiu a Palha planejar sua rota no conforto do East Village, onde estava entocado. O anão descobriu, para seu deleite, que um estreito veio de argila compacta e xisto esfarelado ia direto até a parede do porão, onde a Tiara Fei Fei estava guardada.

Naquele momento Palha estava fechando o maxilar em volta de cinco quilos de terra por segundo, enquanto chegava cada vez mais perto do porão do Fleursheim. Seu cabelo e a barba pareciam um halo eletrificado à medida que cada fibra examinava a superfície em busca de vibrações.

Não era uma argila ruim, pensou Palha enquanto engolia respirando curto pelas narinas. Respirar e engolir simultaneamente é uma habilidade perdida pela maior parte das criaturas assim que deixam a infância, mas é essencial para a sobrevivência dos anões.

A barba e os cabelos de Palha detectaram uma vibração próxima. Um zumbido que geralmente indicava aparelhos de ar-condicionado ou um gerador. Isso não significava necessariamente que estivesse se aproximando do alvo. Mas Palha Escavator tinha a melhor bússola do ramo, além de ter programado as coordenadas exatas no capacete roubado da Liga de Elite da Polícia, que estava em sua mochila. Palha parou por tempo suficiente para verificar a grade em 3D no visor do capacete. O porão do Fleursheim estava quarenta e oito graus a nordeste. Dez metros acima de sua posição atual. Uma questão de segundos para um anão abridor de túneis de seu calibre.

Voltou a mastigar, cortando o subsolo como um torpedo do povo das fadas. Tinha cuidado para expelir apenas argila pelo traseiro, e não ar. O ar poderia ser necessário caso enfrentasse algum obstáculo. Segundos depois encontrou a barreira para a qual vinha economizando. Seu crânio colidiu com quinze centímetros de concreto do porão. Os crânios dos anões podem ser duros, mas não podem partir quase um palmo de concreto.

— D'Arvit! — xingou Palha, piscando para tirar flocos de concreto dos olhos com os compridos cílios de anão. Levantou o braço e bateu com o nó de um dedo na superfície lisa.

— Treze a quinze centímetros, imagino — disse para ninguém, ou pelo menos foi o que pensou. — Não deve ser problema.

Recuou, compactando a terra atrás. Ia empregar uma manobra conhecida na cultura dos anões como ciclone. Em geral esse movimento era usado para fugas de emergência ou para impressionar anãs. Enfiou o capacete inquebrável da LEP sobre o cabelo revolto, dobrando os joelhos até o queixo.

— Gostaria de que pudessem ver isso, senhoras — murmurou, permitindo que o gás em suas entranhas se acumulasse. Tinha engolido um bocado de ar nos últimos minutos, e agora bolhas se fundiam para formar um tubo de pressão cada vez mais difícil de ser contido.

— Mais alguns segundos — grunhiu Palha, com a pressão provocando um vermelho em suas bochechas.

Cruzou os braços no peito, contraiu os pelos da barba e soltou o vento aprisionado.

O resultado foi espetacular, e teria garantido a namorada que Palha quisesse, se alguém estivesse perto para ver. Se você imaginar o túnel como o gargalo de uma garrafa de champanhe, Palha era a rolha. Ele disparou pela passagem a mais de cento e cinquenta quilômetros por hora, girando como uma tampa sendo desenroscada. Em geral, quando ossos se chocam em concreto, o concreto vence, mas a cabeça de Palha estava protegida por um capacete roubado da Liga de Elite da Polícia. Esses capacetes são feitos de um polímero praticamente indestrutível.

Palha atravessou o piso do porão num jorro de pó de concreto e membros girando. Sua esteira de jato chicoteou o pó de cimento numa dúzia de minirredemoinhos. O ímpeto o levou a dois metros no ar antes de despencar no chão e ficar ofegando. O ciclone exigia muito da pessoa. Quem disse que crime é coisa fácil?

Depois de uma parada rápida para recuperar o fôlego, Palha se sentou e encaixou de novo o maxilar. Gostaria de um descanso mais longo, mas poderia haver câmeras apontadas para ele agora mesmo. Provavelmente haveria um codificador no capacete, mas a tecnologia nunca fora seu ponto forte. Precisava afanar a tiara e escapar pelo subsolo.

Levantou-se, espanando alguns torrões de argila da aba da calça no traseiro, e olhou rapidamente em volta. Não havia nenhuma luzinha vermelha piscando em câmeras de vídeo. Não havia cofres para guardar artefatos valiosos. Nem mesmo havia uma porta particularmente segura. Parecia um lugar estranho para uma tiara inestimável ser guardada, mesmo que apenas por uma noite. Os humanos eram inclinados a proteger seus tesouros, especialmente contra outros humanos.

Alguma coisa piscou para ele no escuro. Uma coisa que colhia e refletia a quantidade minúscula de luz disponível no porão. Havia um pedestal entre as estátuas, os caixotes e os miniarranha-céus de cadeiras empilhadas. E em cima do pedestal havia uma tiara, e a espetacular pedra azul no centro brilhava mesmo na escuridão quase total.

Palha arrotou de surpresa. Os homens da lama tinham deixado a Tiara Fei Fei assim? Não era provável. Devia ser um engodo.

Aproximou-se do pedestal cautelosamente, tomando cuidado com qualquer armadilha que pudesse estar no chão. Mas não havia nada, nem sensores de movimento nem olhos a laser. Nada. O instinto de Palha gritava para ele fugir, mas sua curiosidade o puxava na direção da tiara como um peixe-espada agarrado pelo anzol.

— Panaca — disse a si mesmo, ou pelo menos pensou. — Saia daqui enquanto pode. Nada de bom vai resultar disso.

Mas a tiara era magnífica. Hipnotizante.

Palha ignorou os receios, admirando a joia fabulosa à sua frente.

— Não é má — disse, ou talvez fosse. Chegou mais perto.

As pedras tinham um brilho pouco natural. Oleoso. Não limpo como o de pedras preciosas de verdade. E o ouro era brilhante demais. Nada que um olho humano notaria. Mas para um anão ouro é vida. Está em seu sangue e seus sonhos.

Palha levantou a tiara. Era leve demais. Uma tiara desse tamanho deveria pesar pelo menos um quilo.

Havia duas conclusões possíveis a serem tiradas de tudo isso. Ou aquela era uma isca e a tiara verdadeira estava escondida em outro lugar ou isso era um teste, e ele fora atraído aqui para fazer o teste. Mas atraído por quem? E com que objetivo?

Essas perguntas foram respondidas quase imediatamente. Um gigantesco sarcófago egípcio se abriu nas sombras mais profundas, revelando duas figuras que definitivamente não eram múmias.

— Parabéns, Palha Escavator — disse a primeira, um garoto pálido de cabelos escuros. Palha notou que ele usava óculos de visão noturna. O outro era um guarda-costas gigantesco que Palha tinha humilhado recentemente, o bastante para ainda causar irritação. O nome do sujeito era Butler, e ele não parecia no melhor dos humores.

— Você passou no meu teste — continuou o garoto, num tom confiante. Em seguida ajeitou o paletó do terno e saiu do sarcófago estendendo a mão. — Prazer em conhecê-lo. Sr. Escavator, sou seu novo sócio. Permita que me apresente. Meu nome é...

Palha apertou a mão. Ele sabia quem era o garoto. Os dois tinham guerreado antes, só que não cara a cara. Era o único humano que já havia roubado ouro do povo das fadas e conseguido ficar com ele. O que quer que o garoto tivesse a dizer, Palha tinha certeza de que seria interessante.

— Sei quem você é, garoto da lama. Seu nome é Artemis Fowl.

CAPÍTULO 2: PRIORIDADE MÁXIMA

Delegacia Plaza. Cidade do Porto. Elementos de Baixo.

QUANDO Palha Escavator disse o nome Artemis Fowl, o arquivo do garoto da lama foi automaticamente desviado para a pilha prioritária na Delegacia Plaza. Todos os capacetes da Liga de Elite da Polícia tinham um rastreador por satélite e poderiam ser localizados em qualquer parte do mundo. Além disso, tinham microfones ativados por voz, de modo que tudo que Palha dizia era ouvido por um estagiário de plantão. O processo foi imediatamente retirado do computador do estagiário quando o nome de Artemis foi mencionado. Artemis Fowl era o inimigo número um do Povo das Fadas, e qualquer coisa relativa ao garoto irlandês era mandada imediatamente ao conselheiro técnico da LEP, o centauro Potrus.

Potrus se conectou à transmissão ao vivo do capacete de Palha e entrou em contato com a sala do comandante da LEP.

— Temos alguma coisa aqui, Julius. Pode ser importante.

O comandante Julius Raiz ergueu os olhos do charuto de fungo cuja ponta estava cortando. O elfo não parecia satisfeito, mas, afinal de contas, ele raramente parecia. Sua pele não estava tão rosada como o usual, mas o centauro tinha a impressão de que isso mudaria.

— Algumas palavras de conselho, cavalão — disse Raiz rispidamente, cortando a ponta do charuto. — Uma: não me chame de Julius. E duas, há um protocolo para falar comigo. Eu sou o comandante, e não um dos seus coleguinhas de jogar polo.

Ele se recostou na cadeira, acendendo o charuto. Potrus não se impressionou com a pose.

— Tanto faz. Isto é importante. O nome de Artemis Fowl apareceu num arquivo de som.

Raiz sentou-se abruptamente, esquecendo-se do protocolo. Há menos de um ano Artemis Fowl tinha sequestrado uma de suas capitãs e extorquido meia tonelada de ouro do fundo de resgates da LEP. Mas, mais importante do que o ouro em si era o conhecimento que havia dentro da cabeça do garoto irlandês. Ele sabia da existência do Povo, e poderia decidir explorá-lo de novo.

— Fale depressa, Potrus. Sem jargão, só gnomês.

Potrus suspirou. Metade da diversão de dar notícias importantes era explicar como sua tecnologia tinha tornado possível consegui-las.

— Certo. Uma determinada quantidade de equipamentos da LEP se perde a cada ano.

— Motivo pelo qual nós podemos destruí-los a distância.

— Na maioria dos casos, sim.

As bochechas do comandante ficaram vermelhas de raiva.

— Na maioria dos casos, Potrus? Você nunca disse nada sobre a maioria dos casos nas reuniões para discutir orçamento.

Potrus levantou a palma das mãos.

— Ei, você pode tentar destruí-lo a distância, se quiser. Veja o que acontece.

O comandante o encarou cheio de suspeitas.

— E por que eu não deveria simplesmente apertar o botão agora?

— Porque o circuito de autodestruição foi desligado, o que significa que alguém inteligente o pegou. Anteriormente o capacete estava ativo, o que significa que alguém o estava usando. Nós não podemos nos arriscar a explodir a cabeça de alguém do povo das fadas, mesmo que seja um criminoso.

Raiz mastigou a ponta do charuto.

— Estou me sentindo tentado, acredite. De onde veio esse capacete? E quem estava usando?

Potrus consultou um arquivo de computador no comcard em sua mão.

— É um modelo antigo. Imagino que algum contrabandista da superfície tenha vendido a um anão desgarrado.

Raiz esmagou o charuto num cinzeiro.

— Anões. Se não estão minerando em áreas protegidas, estão roubando dos humanos. Nós temos um nome?

— Não. A distância é grande demais para fazer uma análise de voz. De qualquer modo, ainda que pudéssemos, como você sabe, devido à posição especial da laringe deles, todos os anões do sexo masculino têm basicamente a mesma voz.

— É só disso que eu preciso — gemeu o comandante. — Outro anão na superfície. Eu pensei que nós tínhamos visto isso pela última vez quando... — Ele parou, entristecido por uma lembrança súbita. O anão Palha Escavator tinha sido morto há meses, fazendo um túnel para sair da mansão de Artemis Fowl. Palha era um tremendo pé no saco, mas não deixava de ter carisma.

— Então, o que nós sabemos?

Potrus leu uma lista em sua tela.

— O elemento não identificado abriu um túnel até um porão em Manhattan, onde se encontrou com Artemis Fowl Junior. Depois os dois saíram juntos, de modo que alguma coisa está sendo tramada, sem a menor dúvida.

— O quê, exatamente?

— Não fazemos ideia. Fowl sabia o suficiente sobre nossa tecnologia para desligar o microfone e o circuito de autodestruição, provavelmente porque Butler pegou um monte de equipamentos da equipe de resgate da LEP durante o cerco à mansão Fowl.

— E quanto ao posicionamento global? Artemis sabia o suficiente para desligar isso?

Potrus deu um riso presunçoso.

— Não pode ser desligado. Aqueles capacetes antigos tinham uma camada de rastreamento pintada.

— Que sorte a nossa. Onde eles estão agora?

— Num jato de Fowl, indo para a Irlanda. É um Lear, topo de linha. — Potrus notou o olhar de laser do comandante. — Mas você provavelmente não se importa com o jato, de modo que vamos em frente, certo?

— É, vamos — disse Raiz em voz cáustica. — Temos alguém lá em cima?

Potrus ativou uma grande tela de plasma na parede, abrindo caminho rapidamente através de arquivos até um mapa do mundo. Havia ícones do povo das fadas pulsando em vários países.

— Temos três equipes de resgate, mas ninguém no velho país.

— Naturalmente — grunhiu Raiz. — Seria bom demais. — Ele fez uma pausa. — Onde está a capitã Short?

— De férias na superfície. Eu gostaria de lembrá-lo de que ela está de licença forçada, esperando um julgamento.

Raiz balançou os dedos afastando regulamentos imaginários.

— Detalhes sem importância. Holly conhece Fowl melhor do que qualquer outra criatura do subterrâneo. Onde ela está?

Potrus consultou seu computador, como se já não soubesse. Como se não desse uma dúzia de telefonemas de seu posto de trabalho todos os dias, para ver se Holly tinha conseguido aquele hidratante de cascos que ele havia pedido.

— No Spa de Cominetto. Não sei bem, comandante. Holly é durona, mas Artemis Fowl a sequestrou. Ela ainda pode estar confusa.

— Não. Holly é uma de minhas melhores oficiais, mesmo que ela não acredite nisso. Ligue-me com aquele spa. Ela vai voltar à mansão Fowl.

CAPÍTULO 3: O SÉTIMO ANÃO

Ilha de Cominetto. Litoral de Malta. Mediterrâneo.

O SPA de Cominetto era o destino de férias mais elegante do Povo. Eram necessários vários anos candidatando-se repetidamente para conseguir um visto para uma estada, mas Potrus tinha feito um abracadabra nos computadores para colocar Holly no lançador para o spa. Ela precisava de um tempo depois do que tinha passado. E ainda estava passando. Porque agora, em vez de lhe dar uma medalha por ter salvado metade do fundo de resgate, o Departamento de Assuntos Internos da LEP a estava investigando.

Na semana anterior, Holly tinha passado por uma esfoliação, um peeling a laser, purgação (não me pergunte o que é) e tido um centímetro da vida extraído a pinças, tudo em nome do relaxamento. Sua pele cor de café estava lisa e sem manchas, e o cabelo castanho cortado curto luzia com um brilho interno. Mas ela estava explodindo de tédio.

O céu era azul, o mar era verde e a vida era mansa. E Holly sabia que ia pirar de vez se tivesse de passar mais um minuto sendo mimada. Mas Potrus tinha ficado tão satisfeito ao arranjar a viagem que ela não teve coragem de dizer como estava cheia disso tudo.

Hoje estava deitada numa banheira transbordante de gosma de algas soltando bolhas, tendo os poros rejuvenescidos e jogando adivinhe o crime. Era um jogo em que você presumia que todo mundo que passava era criminoso, e você tinha de adivinhar do que eles eram culpados.

O terapeuta de algas, vestido de branco, veio com um telefone numa bandeja transparente.

— Ligação da Delegacia Plaza, irmã Short — disse ele. Seu tom de voz não deixou dúvidas do que achava de telefonemas neste oásis de calma.

— Obrigada, irmão Humus — respondeu ela, agarrando o aparelho. Potrus estava na linha.

— Má notícia, Holly — disse o centauro. — Você foi chamada ao serviço. Missão especial.

— Verdade? — Holly deu um soco no ar ao mesmo tempo que tentava parecer desapontada. — Qual é a missão?

— Respire fundo umas duas vezes. E talvez tome uns comprimidos.

— O que é, Potrus? — insistiu Holly, ainda que suas entranhas já soubessem.

— É...

— Artemis Fowl. Eu estou certa, não estou?

— Está. O garoto irlandês voltou. E se juntou a um anão. Não sabemos o que estão planejando, de modo que você precisa descobrir.

Holly saiu da banheira de gosma, deixando uma trilha de algas verdes no tapete branco.

— Não posso imaginar o que eles estão planejando — falou entrando rapidamente no vestiário. — Mas posso dizer duas coisas: nós não vamos gostar, e não é legal.

Jato Fowl. Acima do Oceano Atlântico

Palha Escavator estava se encharcando na chiquérrima banheira de hidromassagem do jato Lear. Absorvia litros de água pelos poros sedentos, tirando as toxinas do organismo. Quando se sentiu suficientemente revigorado, emergiu do banheiro enrolado num roupão grande demais. Parecia simplesmente a noiva mais feia do mundo, arrastando um vestido de cauda.

Artemis Fowl estava balançando um copo de chá gelado enquanto esperava o anão. Butler pilotava a aeronave.

Palha sentou-se diante da mesinha de centro, derramando um prato inteiro de nozes pela goela abaixo, com casca e tudo.

— E então, garoto da lama. O que há nesse seu cérebro deturpado?

Artemis juntou os dedos das duas mãos, espiando por baixo deles com os olhos azuis muito separados. Havia um bocado de coisa em sua mente deturpada, mas Palha Escavator só ficaria sabendo de uma pequena parte. Artemis não contava a ninguém todos os detalhes de seus planos. Algumas vezes o sucesso dependia de ninguém saber exatamente o que estava fazendo. Ninguém além do próprio Artemis.

Artemis fez sua cara mais amigável, inclinando-se para a frente na poltrona.

— Pelo modo como eu vejo, Palha, você já me deve um favor.

— Verdade, garoto da lama? E por que acha isso?

Artemis deu um tapinha no capacete da LEP na mesa ao lado.

— Sem dúvida você comprou isso no mercado negro. É um modelo antigo, mas mesmo assim tem o microfone padrão, ativado por voz, e o circuito de autodestruição.

Palha tentou engolir as nozes, mas de repente sua garganta estava seca.

— Autodestruição?

— É. Há explosivos suficientes aí para transformar sua cabeça em geleia. Não restaria nada além dos dentes. Claro que não haveria necessidade de ativar a autodestruição, se o microfone ativado por voz levasse a LEP até a sua porta. Eu desliguei essas funções.

Palha franziu a testa. Teria de trocar umas palavrinhas com o contrabandista que tinha vendido o capacete.

— Certo. Obrigado. Mas não espere que eu vá acreditar que você salvou minha vida pela bondade do seu coração.

Artemis deu um risinho. Dificilmente poderia esperar que alguém que o conhecesse acreditasse nisso.

— Não. Nós temos um objetivo comum. A Tiara Fei Fei.

Palha cruzou os braços no peito.

— Eu trabalho sozinho. Não preciso de sua ajuda para roubar a tiara.

Artemis pegou um jornal na mesa, jogando-o para o anão.

— Tarde demais, Palha. Alguém chegou antes de nós.

A manchete era em letras garrafais:

TIARA CHINESA ROUBADA DO MUSEU CLÁSSICO.

Palha franziu a testa.

— Estou meio confuso, garoto da lama. A tiara estava no Museu Clássico? Deveria estar no Fleursheim.

Artemis sorriu.

— Não, Palha. A tiara nunca esteve no Fleursheim. Eu precisava que você acreditasse nisso.

— Como você sabia a meu respeito?

— Simples. Butler me contou sobre seus talentos especiais para abrir túneis, por isso comecei a pesquisar roubos recentes. Um padrão começou a surgir. Uma série de roubos a joalherias no estado de Nova York. Todos com invasões pelo subterrâneo. Foi uma coisa simples atrair você até o Fleursheim colocando informações erradas no Arte Fatos, o site da Internet onde você pega os seus dados. Obviamente, com os talentos especiais que demonstrou na mansão Fowl, você seria valiosíssimo para mim.

— Mas outra pessoa roubou a tiara.

— Exato. E eu preciso que você a recupere.

Palha sentiu que estava com vantagem.

— E por que eu iria querer recuperá-la? E mesmo que recuperasse, por que precisaria de você, humano?

— Eu preciso exatamente daquela tiara, Palha. O diamante azul no topo é único, em cor e qualidade. Ele vai ser a base de um novo laser que estou desenvolvendo. O resto da tiara pode ser seu. Nós formaríamos uma equipe formidável. Eu planejo, você executa. Você vai viver seu exílio em luxo total. Esse primeiro serviço será um teste.

— E se eu disser não?

Artemis suspirou.

— Então vou colocar na Internet o que sei sobre você estar vivo e o seu paradeiro. Tenho certeza de que o comandante Raiz, da LEP, acabará encontrando. Então acho que seu exílio terá vida curta, e será completamente desprovido de luxos.

Palha saltou de pé.

— Então é chantagem, é?

— Só se tiver de ser. Eu prefiro cooperação.

Palha sentiu seu estômago borbulhar com ácido. Raiz pensava que ele tinha morrido durante o cerco à mansão Fowl. Se a LEP descobrisse que estava vivo, o comandante consideraria uma missão pessoal colocá-lo atrás das grades. Ele não tinha muita escolha.

— Certo, humano. Eu faço esse serviço. Mas sem sociedade. Só um trabalho e eu desapareço. Estou com vontade de virar honesto durante umas duas décadas.

— Muito bem. Está combinado. Lembre-se, se você mudar de ideia, há muitos cofres penetráveis no mundo.

— Um serviço — insistiu Palha. — Eu sou um anão. Nós, anões, trabalhamos sozinhos.

Artemis pegou uma folha de planejamento num tubo e a esticou sobre a mesa.

— Isto não é estritamente verdadeiro, você sabe — disse ele apontando para a primeira coluna na folha. — A tiara foi roubada por anões, e eles vêm trabalhando juntos há vários anos. E com muito sucesso.

Palha atravessou a sala, lendo o nome em cima do dedo de Artemis.

— Sergei, o Significativo — disse ele. — Acho que alguém tem complexo de inferioridade.

— Ele é o líder. Há seis anões na pequena quadrilha de Sergei, conhecidos coletivamente como os Significativos. Você será o sétimo.

Palha deu um riso histérico.

— Claro, por que não? Os sete anões. Este dia começou mal, e os pelos da minha barba dizem que vai ficar muitíssimo pior.

Butler falou pela primeira vez:

— Se eu fosse você, Palha — disse ele em sua voz grave —, confiaria na barba.

Holly estava fora do spa assim que tirou as algas da pele. Poderia ter pegado um lançador de volta a Porto, depois feito conexão com outro, mas preferia voar.

Potrus contatou-a pelo comunicador do capacete enquanto ela deslizava junto às ondas do Mediterrâneo, passando os dedos na espuma.

— Ei, Holly, conseguiu aquele creme para os cascos?

Holly sorriu. Não importando a crise, Potrus nunca perdia de vista a prioridade: ele próprio. Acionou o flap das asas, subindo para trinta metros de altura.

— Sim, consegui. Está sendo levado para baixo pelo malote. Havia uma oferta do tipo compre um e leve outro grátis, portanto espere dois tubos.

— Excelente. Você não faz ideia de como é difícil achar um bom hidratante no subterrâneo. Lembre-se, Holly, isto fica entre nós. O resto dos caras ainda é meio antiquado no quesito cosméticos.

— É o nosso segredinho — disse Holly, tranquilizando-o. — Bom, nós temos alguma ideia do que Artemis está tramando?

As bochechas de Holly ficaram vermelhas à simples menção do nome do garoto da lama. Ele a havia sequestrado, drogado e cobrado resgate em ouro. E só porque mudou de ideia no último minuto, decidindo soltá-la, não significava que tudo estivesse perdoado.

— Não sabemos exatamente o que está acontecendo — admitiu Potrus. — Só que eles não devem estar aprontando nada de bom.

— Algum vídeo?

— Não. Só áudio. E nem isso temos mais. Fowl deve ter desconectado o microfone. Só ficamos com o rastreador.

— Quais são as minhas ordens?

— O comandante mandou ficar perto, grampear o local, se puder, mas em nenhuma circunstância fazer contato. Este é um serviço do Resgate.

— Certo. Entendido. Só vigilância, sem contato com o garoto da lama ou o anão.

Potrus abriu uma janela de vídeo no visor de Holly, para que ela pudesse ver o ceticismo em seu rosto.

— Você diz isso como se a simples ideia de desobedecer uma ordem fosse uma coisa estranha. Se eu me lembro direito, e acho que lembro, você foi repreendida uma dúzia de vezes por ter ignorado seus superiores.

— Eu não estava ignorando — retrucou Holly. — Estava recebendo as opiniões deles como aconselhamento. Algumas vezes somente o policial na área pode tomar a decisão certa. Esse é o trabalho de um agente de campo.

Potrus deu de ombros.

— Como quiser, capitã. Mas se eu fosse você pensaria duas vezes antes de contrariar Julius desta vez. Ele estava com aquela cara. Você sabe qual.

Holly encerrou a conexão com a Delegacia Plaza. Potrus não precisava explicar mais. Ela sabia qual.

CAPÍTULO 4: HOJE TEM ESPETÁCULO!

Circo Máximo. Pista de corrida de Wexford. Sul da Irlanda.

ARTEMIS, Butler e Palha tinham cadeiras junto ao picadeiro do Circo Máximo. Era um desses novos circos em que os números estão à altura da propaganda, e não há animais em cena. Os palhaços eram genuinamente engraçados, os acrobatas eram praticamente milagrosos, e os anões eram pequenos e baixos.

Sergei, o Significativo, e quatro de seus cinco colegas se enfileiraram no centro do picadeiro, fazendo poses antes de começar seu número para a plateia lotada. Cada anão tinha menos de um metro de altura e usava malha justa vermelha com o logotipo de um raio luminoso. Os rostos eram escondidos por máscaras iguais.

Palha estava envolto numa enorme capa de chuva. Usava um chapéu de aba puxada sobre a testa e o rosto estava coberto por um filtro solar feito em casa, de cheiro forte. Os anões são extremamente fotossensíveis, e se queimam em minutos, mesmo em dias nublados.

Palha derramou um saco gigante de pipoca, inteiro, goela abaixo.

— É — murmurou ele, cuspindo os caroços. — Esses garotos são anões de verdade, sem dúvida.

Artemis deu um sorriso tenso, feliz por confirmar as suspeitas.

— Eu os descobri quase por acidente. Eles usam o mesmo site da Internet que você. Minha busca por computador revelou dois padrões, e foi fácil comparar as viagens do circo com uma série de crimes. Estou surpreso pela Interpol e pelo FBI ainda não estarem em cima de Sergei e sua gangue. Quando foi anunciada a programação das viagens da Tiara Fei Fei e ela coincidiu com a turnê do circo, eu soube que não era uma coincidência casual. Claro que estava certo. Os anões roubaram a tiara, depois

trouxeram de volta à Irlanda usando o circo como disfarce. Na verdade vai ser bem mais fácil roubar a tiara desses anões do que teria sido no Museu Clássico.

— E por quê?

— Porque eles não estão esperando.

Sergei, o Significativo, e sua trupe prepararam o primeiro truque. Era simples mas impressionante. Uma pequena caixa de madeira sem enfeites foi baixada de uma grua no centro do picadeiro. Sergei, com muitas reverências e flexões dos músculos minúsculos, foi para a caixa. Levantou a tampa e entrou. A plateia cínica esperou alguma cortina ou tela que permitisse o sujeitinho escapar. A caixa ficou ali. Imóvel. Com todos os olhares grudados na superfície. Ninguém se aproximou a menos de seis metros dela.

Um minuto inteiro se passou antes que um segundo anão entrasse no picadeiro. Ele pôs no chão um antiquado detonador em forma de T, e depois de um rufo de tambor que durou cinco segundos apertou a barra. A caixa explodiu numa dramática nuvem de fuligem e madeira de balsa. Ou Sergei estava morto ou tinha sumido.

— Hmmph — grunhiu Palha em meio aos aplausos trovejantes. — Truque bobo.

— Não quando a gente sabe como é feito — discordou Artemis.

— Ele entra na caixa, abre um túnel até o camarim e provavelmente vai aparecer mais tarde.

— Correto. Eles colocam outra caixa no fim da apresentação, e vejam só, Sergei reaparece. É um milagre.

— Tremendo milagre. Com todos os talentos que nós possuímos, isso é o melhor que esses idiotas podem fazer?

Artemis se levantou, e Butler ficou imediatamente de pé atrás dele, para bloquear qualquer possível ataque pelas costas.

— Venha, Sr. Escavator, precisamos planejar para esta noite.

Palha engoliu o resto da pipoca.

— Esta noite? O que vai haver esta noite?

— Ora, a sessão noturna — respondeu Artemis com um riso. — E você, meu amigo, é o astro.

Mansão Fowl. Norte de Dublin. Irlanda.

De Wexford à mansão Fowl eram duas horas, de carro. A mãe de Artemis os estava esperando na porta da frente.

— Como foi o circo, Arty? — disse ela, sorrindo para o filho, apesar da dor que havia nos olhos. Essa dor nunca se distanciava, nem mesmo depois de Holly Short, a criatura do povo das fadas, ter curado sua depressão resultante do desaparecimento do marido, o pai de Artemis.

— Foi ótimo, mamãe. Na verdade, maravilhoso. Eu convidei o Sr. Escavator para jantar. Ele é um dos artistas e um sujeito fascinante. Espero que não se importe.

— Claro que não. Sr. Escavator, faça de conta que a casa é sua.

— Não seria a primeira vez — murmurou Butler baixinho. Ele acompanhou Palha até a cozinha enquanto Artemis se demorava conversando com a mãe.

— Como você está, Arty? De verdade.

Artemis não sabia o que responder. O que poderia falar? "Decidi seguir as pegadas do meu pai no crime porque é isso que sei fazer melhor. Porque este é o único modo de conseguir dinheiro para pagar as numerosas agências de detetives particulares e empresas de busca pela Internet que eu empreguei para achá-lo. Mas os crimes não me deixam feliz. A vitória nunca é tão doce quanto eu achava que seria."

— Estou bem, mamãe, de verdade — disse por fim, sem convicção.

Angeline abraçou-o com força. Artemis pôde sentir seu perfume e seu calor.

— Você é um bom garoto — suspirou ela. — Um bom filho.

A dama elegante se empertigou.

— Agora vá conversar com seu novo amigo. Vocês devem ter muita coisa a discutir.

— Sim, mamãe — disse Artemis, com a decisão suplantando a tristeza no coração. — Nós temos um monte de coisas para conversar antes da apresentação da noite.

Circo Máximo. Pista de Corridas de Wexford. Sul da Irlanda.

Palha Escavator tinha feito um buraco logo abaixo da tenda dos anões e estava esperando para entrar em ação.

Tinham voltado a Wexford para a sessão noturna. Cedo o bastante para ele abrir caminho debaixo da tenda, vindo de um campo ali perto. Artemis estava dentro da tenda principal do circo agora mesmo, de olho em Sergei, o Significativo, e seu grupo. Butler estava no ponto de encontro, esperando a volta de Palha.

O esquema de Artemis tinha parecido plausível na mansão Fowl. Até mesmo parecia provável que eles se saíssem bem. Mas agora, com as vibrações do circo batendo em sua cabeça, Palha podia perceber um pequeno problema. O problema era que ele estava colocando o pescoço na corda, enquanto o garoto da lama se sentava numa confortável cadeira junto ao picadeiro comendo algodão-doce.

Artemis tinha explicado o plano na sala de estar da mansão Fowl.

— Eu estou de olho em Sergei e sua trupe desde que descobri o pequeno esquema deles. São um grupo esperto. Talvez fosse mais fácil roubar a pedra da pessoa para quem eles venderem, mas logo as férias escolares vão terminar, e eu serei obrigado a suspender minhas operações, por isso preciso do diamante azul agora.

— Para o negócio do laser?

Artemis tossiu na mão.

— Laser. É. Isso mesmo.

— E tem de ser esse diamante?

— Sem dúvida. O diamante azul de Fei Fei é único. Sua cor exata é especial.

— E isso é importante nele?

— É vital para a difração da luz. É uma coisa técnica. Você não entenderia.

— Humm — resmungou Palha, suspeitando de que alguma coisa estava sendo escondida. — Então como você propõe que a gente consiga esse diamante azul que é vital?

Artemis baixou uma tela de projeção. Havia um diagrama do Circo Máximo grudado à superfície.

— Aqui está o picadeiro do circo — disse ele, apontando com um ponteiro telescópico.

— O quê? Aquela coisa redonda com a palavra picadeiro no meio? Não diga!

Artemis fechou os olhos, respirando fundo. Não estava acostumado a interrupções. Butler deu um tapinha no ombro de Palha.

— Escute, sujeitinho — aconselhou em sua voz mais séria. — Ou talvez eu me lembre de que lhe devo uma surra humilhante, como a que você me deu.

Palha engoliu em seco.

— Escute... é, boa ideia. Continue, garoto da lama... humm, Artemis.

— Obrigado. Bom. Nós estivemos observando a trupe de anões durante meses, e todo esse tempo eles nunca deixaram sua tenda sem vigilância, por isso presumimos que é lá que guardam o produto dos roubos. Em geral o grupo inteiro está lá, a não ser durante a apresentação, quando são necessários cinco ou seis para a parte acrobática. Nossa única janela de oportunidade é nesse período, quando todos os anões, menos um, estão no picadeiro.

— Menos um? — perguntou Palha. — Eu não posso ser visto por ninguém. Se eles ao menos me vislumbrarem, vão me caçar para sempre. Os anões guardam rancor de verdade.

— Deixe-me terminar. Eu pensei um bocado nisso, você sabe. Nós conseguimos obter imagens de vídeo uma noite em Bruxelas, com uma câmera-caneta que Butler enfiou pela lona.

Butler ligou uma televisão de tela plana e apertou o play num controle remoto de vídeo. A imagem que apareceu era cinzenta e granulada, mas perfeitamente reconhecível. Mostrava um único anão numa tenda redonda, sentado numa poltrona de couro. Vestia a malha e a máscara dos Significativos e estava soprando bolhas através de um pequeno aro.

O chão começou a vibrar ligeiramente no centro da tenda, onde a terra parecia turva, como se um pequeno terremoto estivesse acontecendo apenas naquele local. Instantes depois um círculo de terra com um metro de diâmetro desmoronou totalmente, e Sergei saiu do buraco, com a máscara no rosto. Ele soltou um pouco de gás e levantou o polegar para o colega. O anão que estava soprando bolhas saiu correndo imediatamente da tenda.

— Sergei acabou de sair de sua caixa, e nosso amigo soprador de bolhas precisa ir ao picadeiro — explicou Artemis. — Sergei assume o turno de guarda até o fim do número, quando todos os outros anões voltam e Sergei reaparece na nova caixa. Nós temos aproximadamente sete minutos para achar a tiara.

Palha decidiu encontrar alguns buracos no plano.

— Como nós sabemos que a tiara está lá?

Artemis estava preparado para essa pergunta.

— Porque minhas fontes disseram que cinco contrabandistas europeus de joias vão à apresentação desta noite. Dificilmente estarão aqui para ver os palhaços.

Palha assentiu devagar. Ele sabia onde a tiara estaria. Sergei e seus amigos Significativos esconderiam tudo alguns metros abaixo da tenda, enterrado longe do alcance dos humanos. Isso ainda deixava centenas de metros quadrados para procurar.

— Eu nunca vou achá-la — declarou por fim. — Não em sete minutos.

Artemis abriu seu laptop Powerbook.

— Esta é uma simulação por computador. Você é a figura azul. Sergei é a vermelha.

Palha observou a figura azul por mais de um minuto.

— Tenho de admitir, garoto da lama. É inteligente. Mas eu preciso de um tanque de ar comprimido.

Artemis ficou perplexo.

— Ar? Eu achava que você era capaz de respirar debaixo da terra.

— E sou. — O anão deu um riso enorme para Artemis. — Não é para mim.

De modo que agora Palha estava em seu buraco no subsolo com um tanque de mergulho preso às costas. Agachou-se em silêncio absoluto. Assim que Sergei entrasse na terra, os pelos de sua barba seriam sensíveis às menores vibrações, inclusive transmissões de rádio, por isso Artemis tinha insistido em manter silêncio de rádio até estarem na fase dois do plano.

A oeste, uma vibração em alta frequência rompeu o ruído ambiente. Sergei estava em ação. Palha podia sentir o outro anão cortando a terra, possivelmente em direção ao depósito secreto de joias roubadas.

Palha se concentrou no progresso de Sergei. Ele estava fazendo um túnel para o leste, mas numa tangente que descia, obviamente indo direto para algum lugar. O sonar no pelo da barba de Palha mostrava velocidade constante e atualizações de curso. O segundo anão seguiu num ritmo firme e na mesma inclinação por uns duzentos metros, depois parou. Estava verificando alguma coisa. Tomara que fosse a tiara.

Depois de meio minuto de movimentos mínimos, Sergei foi para a superfície, quase diretamente na direção de Palha. Palha sentiu uma camada de suor cobrir as costas. Essa era a parte perigosa. Enfiou lentamente a mão na malha, pegando uma bola do tamanho e da cor de uma tangerina pequena. A bola era um sedativo orgânico usado por nativos do Chile. Artemis tinha garantido a Palha que ela não tinha efeitos colaterais, e que na verdade resolveria qualquer problema de sinusite que Sergei pudesse ter.

Com cuidado infinito Palha se posicionou o mais perto possível da trajetória de Sergei, depois bateu na terra com a mão onde estava a bola de sedativo. Segundos depois as mandíbulas afiadas de Sergei consumiram a bola com alguns quilos de terra. Antes que ele tivesse dado meia dúzia de mordidas, seu movimento ficou mais vagaroso até parar, e as mastigadas ficaram lentas. Agora era o momento perigoso para Sergei. Se fosse deixado inconsciente com as entranhas cheias de argila, poderia engasgar. Palha comeu a fina camada de terra que os separava, virou o anão adormecido de costas e enfiou um tubo de ar nas profundezas de sua boca gigantesca. Assim que o tubo estava no lugar, ele girou o regulador do tanque, mandando um jato constante de ar pelo sistema digestivo de Sergei. O jato de ar encheu os órgãos internos do anão, tirando todos os traços de argila. O corpo tremia como se tivesse sido ligado a um fio de eletricidade, mas ele não acordou. Em vez disso ficou roncando.

Palha deixou Sergei enrolado na terra, e apontou suas mandíbulas para a superfície. A argila era tipicamente inglesa, macia e úmida, com pouca poluição e cheia de insetos. Segundos depois ele sentiu os dedos rompendo a superfície, o ar frio roçando as pontas. Certificou-se de que a máscara circense estivesse cobrindo a metade superior do rosto e depois levantou a cabeça acima do solo.

Havia outro anão sentado na poltrona. Hoje ele estava brincando com quatro ioiôs. Cada um girando pendurado numa das mãos e num dos pés. Palha não disse nada, mas sentiu um desejo súbito de bater papo com seu companheiro anão. Simplesmente sinalizou levantando o polegar.

O segundo anão enrolou seus ioiôs sem dizer palavra. Depois calçou um par de botas pontudas e saiu rapidamente da tenda. Palha pôde ouvir o súbito rugido da

multidão quando a caixa de Sergei explodiu. Dois minutos se passaram. Restavam cinco.

Levantou o traseiro e planejou uma rota até o ponto exato onde Sergei tinha parado. Não era tão difícil quanto parecia. As bússolas internas dos anões são instrumentos fantásticos, e podem guiar essas criaturas com a mesma precisão de qualquer sistema de GPS. Palha mergulhou.

Havia uma pequena câmara escavada abaixo da tenda. Uma típica toca de anão, com paredes alisadas a cuspe proporcionando baixo nível de luminosidade no escuro. O cuspe dos anões é uma secreção multifuncional. Além dos usos comuns, também endurece ao contato prolongado com o ar, formando uma crosta que é não somente dura, mas também ligeiramente luminosa.

No centro da pequena câmara havia um baú de madeira.

Não estava trancado. Por que estaria? Não haveria ninguém ali embaixo, além dos anões. Palha sentiu uma pontada de vergonha. Uma coisa era roubar dos homens da lama, mas ele estava afanando de irmãos anões que só tentavam levar uma vida honesta roubando dos humanos. Era o ponto mais baixo ao qual já havia chegado.

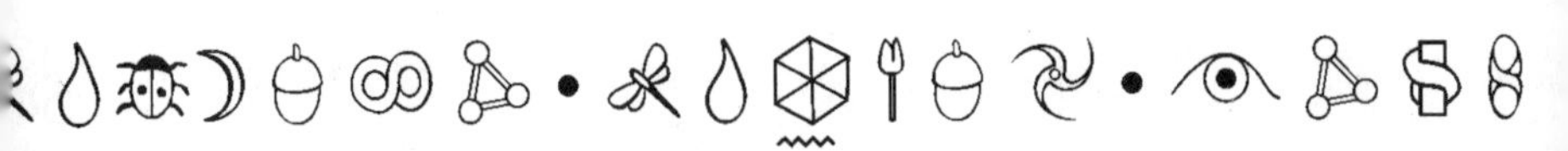

Decidiu de algum modo reembolsar Sergei, o Significativo, e seu bando assim que isso estivesse terminado.

A tiara estava dentro do baú, com a pedra azul do topo piscando à luz do cuspe. Aquilo é que era joia. Nada de falso. Palha enfiou-a dentro da malha. Havia muitas outras joias na caixa, mas ele as ignorou. Já era suficientemente ruim pegar a tiara. Agora só precisava levar Sergei à superfície, onde ele poderia se recuperar em segurança, e ir embora do mesmo modo como tinha vindo. Iria sumir antes que os outros anões percebessem que havia alguma coisa errada.

Voltou até Sergei, segurou o corpo frouxo e abriu caminho a dentadas até a superfície, arrastando o anão adormecido. Em seguida encaixou de novo o maxilar, saindo do buraco.

A tenda continuava deserta. Os Significativos deviam ter passado da metade do número. Palha arrastou Sergei para fora da borda do buraco e tirou a adaga de sílex da bota do anão. Cortaria algumas tiras da poltrona e prenderia as mãos, os pés e os maxilares de Sergei. Artemis tinha garantido que Sergei não acordaria, mas o que o garoto da lama sabia sobre as entranhas dos anões?

— Desculpe isso, irmão — sussurrou ele quase com carinho. — Odeio o que estou fazendo, mas o garoto da lama me colocou em cima de um lago de jacarés.

Alguma coisa reluziu no canto da visão de Palha. A coisa brilhou e depois falou:

— Primeiro quero que você fale sobre o garoto da lama, anão. E depois fale do lago de jacarés.

CAPÍTULO 5: O MESTRE DE CERIMÔNIAS

HOLLY Short voou para o norte até chegar à Itália continental, depois virou quarenta graus passando por cima das luzes de Brandish.

— Você deveria evitar as principais rotas de voo e áreas urbanas — lembrou Potrus pelos microfones do capacete. — Esta é a primeira regra do reconhecimento.

— A primeira regra do Recon é achar a criatura desgarrada — retrucou Holly. — Você quer ou não quer que eu localize o anão? Se eu me mantiver no litoral, vou levar a noite inteira para chegar à Irlanda. Do meu modo eu chego às onze da noite, hora local. De qualquer modo, estou com o escudo.

As criaturas das fadas têm o poder de aumentar os batimentos cardíacos e bombear as artérias até quase explodir, o que faz com que seus corpos vibrem tão rapidamente que nunca ficam num mesmo lugar por tempo suficiente para ser vistos. O único humano que já conseguiu enxergar através desse truque mágico, claro, foi Artemis Fowl, que tinha filmado as criaturas usando uma câmera de alta velocidade e depois visto as imagens quadro a quadro.

— O escudo não é tão à prova de erro quanto antigamente — notou Potrus. — Eu mandei o padrão de rastreamento do capacete dele para o seu. Você só precisa seguir o bip. Quando achar nosso anão, o comandante quer que você...

A voz do centauro foi sumindo num chiado líquido de estática. As explosões de magma sob a crosta da terra estavam fortes essa noite, atrapalhando as comunicações da LEP. Esta era a terceira vez desde que Holly tinha começado a viagem. Ela só podia seguir de acordo com o plano, e esperar que os canais se desimpedissem.

Era uma bela noite, por isso Holly se orientava pelas estrelas. Claro que seu capacete tinha um GPS triangulado por três satélites, mas a navegação estelar era um dos primeiros cursos dados na academia da LEP. Era possível que um policial do Recon ficasse preso na superfície sem instrumentos científicos, e nessas circunstâncias as estrelas poderiam ser a única esperança de esse policial encontrar um porto de transporte para o subterrâneo.

A paisagem corria a toda velocidade abaixo, pontilhada por um número cada vez maior de enclaves humanos. A cada vez que Holly se aventurava na superfície, havia mais. Logo não restaria campo, e nenhuma árvore para produzir o oxigênio. Então todo mundo estaria respirando ar artificial acima e abaixo da superfície.

Holly tentou ignorar o ícone de alerta de poluição piscando em seu visor. O capacete filtraria a maior parte, e de qualquer modo ela não tinha opção. Era voar sobre cidades ou possivelmente perder o anão desgarrado. E a capitã Holly Short não gostava de perder.

Ampliou a grade de busca no visor do capacete e fixou a mira numa grande tenda circular e listrada. O anão estava escondido num circo. Nada original, mas era um lugar eficaz para se disfarçar de anão humano.

Holly baixou os flaps de suas asas mecânicas, descendo até seis metros de altura. O bip do rastreador a puxava para a esquerda, para longe da tenda principal, em

direção a outra menor. Holly desceu ainda mais, certificando-se de manter o escudo totalmente ativado já que a área estava cheia de humanos.

Pairou acima do mastro da tenda. O capacete roubado estava dentro, sem dúvida. Para investigar mais ela teria de entrar na estrutura. A bíblia das fadas, ou o Livro, impedia que as criaturas do subterrâneo entrassem em qualquer habitação humana sem serem convidadas, mas recentemente a suprema corte decidira que as tendas eram estruturas temporárias, e que como tal não estavam incluídas no edito do Livro. Holly queimou as costuras da tenda com um jato de laser de sua Neutrino 2000 e entrou.

Na superfície de terra abaixo havia dois anões. Um estava com o capacete roubado preso às costas, o segundo estava enfiado num buraco no chão. Ambos usavam meia máscara e malha vermelha iguais. Muito chique.

Isso era uma surpresa. Em geral os anões ficam juntos, mas esses dois pareciam estar jogando em times diferentes. O primeiro parecia ter incapacitado o segundo, e talvez estivesse para ir ainda mais longe. Havia uma brilhante adaga de sílex em sua mão. E em geral os anões não sacavam as armas se não pretendessem usar.

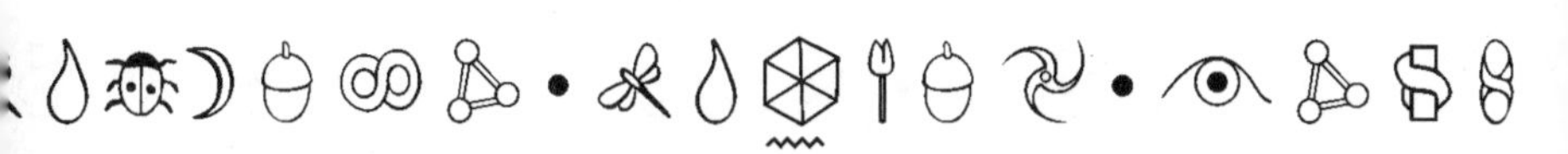

Holly ligou o interruptor do microfone na manga.

— Potrus? Câmbio, Potrus. Acho que estou com uma emergência.

Nada. Apenas chiado. Nem mesmo vozes fantasmagóricas. Típico. O sistema de comunicação mais avançado desta galáxia, e possivelmente de algumas outras, inutilizado por uma explosão de magma.

— Preciso fazer contato, Potrus. Se puder gravar isto, eu tenho um crime em andamento. Talvez assassinato. Duas criaturas das fadas estão envolvidas, não há tempo para esperar o Resgate. Vou agir. Mande o Resgate imediatamente.

O bom senso de Holly gemeu. Ela já estava tecnicamente fora do serviço ativo, fazer contato enterraria com certeza sua carreira no Recon. Mas no fim das contas isso não importava. Ela havia entrado para a LEP para proteger o Povo, e era exatamente isso que pretendia fazer.

Ajustou as asas para descer, flutuando a partir das sombras da tenda.

O anão estava falando com aquela voz grave e curiosa, comum a todos os anões do sexo masculino.

— Desculpe isso, irmão — disse ele, talvez pensando na violência que viria. — Odeio o que estou fazendo, mas o garoto da lama me colocou em cima de um lago de jacarés.

Chega, pensou Holly. Não haverá assassinato aqui hoje. Desfez o escudo, surgindo num jorro de luz na forma de uma criatura das fadas.

— Primeiro quero que você fale do garoto da lama — disse ela. — E depois quero que fale do lago de jacarés.

Palha Escavator reconheceu Holly imediatamente. Eles haviam se encontrado há apenas alguns meses, na mansão Fowl. É engraçado como algumas pessoas estão destinadas a encontrar outras repetidamente. A fazer parte da vida das outras.

Ele largou a adaga e o corpo de Sergei, levantando as mãos vazias. Sergei escorregou de volta para o buraco.

— Eu sei o que isso parece, Ho... policial. Eu só ia amarrá-lo, para o próprio bem dele. Ele teve uma convulsão de túnel, só isso. Poderia se machucar.

Palha se congratulou em silêncio. Era uma boa mentira e ele tinha segurado a língua antes de falar o nome de Holly. A LEP achava que ele havia morrido numa caverna, e ela não o reconheceria com a máscara. Holly só podia ver seda e barba.

— Convulsão de túnel? Os anões crianças têm isso, e não escavadores experientes.

Palha deu de ombros.

— Eu vivo dizendo a ele. Mastigue a comida. Mas ele quer ouvir? Ele é um anão adulto, o que eu posso fazer? Por sinal, eu não deveria deixá-lo lá embaixo. — Palha pôs um dos pés dentro do buraco.

Holly tocou no solo.

— Nem mais um passo, anão. Agora fale sobre o garoto da lama.

Palha tentou dar um sorriso inocente. Havia mais chance de um grande tubarão branco conseguir isso do que ele.

— Que garoto da lama, policial?

— Artemis Fowl — disse Holly rispidamente. — Comece a falar. Você vai para a cadeia, anão. Por quanto tempo, depende de você.

Palha ruminou isso durante um momento. Podia sentir a Tiara Fei Fei pinicando a pele por baixo da malha. Ela havia escorregado para o lado do corpo, abaixo da axila, tremendamente desconfortável. Ele tinha uma opção. Tentar completar o serviço ou cuidar do número um. Fowl ou uma sentença reduzida. Demorou menos de um segundo para decidir.

— Artemis quer que eu roube a Tiara Fei Fei para ele. Meus... é... colegas do circo já a pegaram, e ele me subornou para entregá-la.

— Onde está essa tiara?

Palha enfiou a mão dentro da malha de seda.

— Devagar, anão.

— Certo. Dois dedos.

Palha tirou a tiara de debaixo da axila.

— Imagino que você não aceite subornos, não é?

— Correto. Esta tiara vai voltar para bem perto de onde veio. A polícia vai receber uma dica anônima e achá-la num instante.

Palha suspirou.

— A velha rotina. A LEP nunca se cansa disso?

Holly não queria ser puxada para uma conversa.

— Jogue-a no chão — instruiu. — Depois se deite também. De costas.

Ninguém ordena um anão a se deitar de barriga no chão. Bastaria estalar o maxilar e a pessoa que deu a ordem sumiria numa nuvem de poeira.

— De costas? Fica muito desconfortável com o capacete.

— De costas!

Palha obedeceu, largando a tiara e virando o capacete para a frente. Estava pensando em fúria. Quanto tempo havia se passado? Sem dúvida os Significativos estariam de volta a qualquer segundo. Viriam correndo substituir Sergei.

— Policial, você realmente deveria sair daqui.

Holly o revistou procurando armas. Soltou o capacete da LEP, fazendo-o rolar pelo chão.

— E por quê?

— Meus colegas vão chegar a qualquer segundo. Nós temos uma programação rígida.

Holly deu um riso sério.

— Não se preocupe. Eu posso cuidar de anões. Minha arma tem uma bateria nuclear.

Palha engoliu em seco, olhando para a porta da barraca por baixo das pernas de Holly. Os Significativos tinham chegado bem na hora, e três estavam passando pela porta, fazendo menos barulho do que formigas com chinelos.

Cada anão tinha uma adaga de sílex nos dedos gorduchos. Palha ouviu um som abafado em cima, e viu outro Significativo espiando por um novo rasgo na costura da tenda. Mais um que não estava sendo notado.

— A bateria não é importante — disse Palha. — Não se trata de quantas balas você tem, e sim da velocidade com que pode atirar.

Artemis não estava aproveitando o circo. Butler deveria ter entrado em contato com ele há mais de um minuto para confirmar que Palha tinha chegado ao ponto de encontro. Alguma coisa devia ter dado errado. Seu instinto lhe dizia para ir olhar, mas ele ignorou. Siga o plano. Dê cada segundo possível a Palha.

Os últimos segundos se esgotaram instantes depois, quando os cinco anões no picadeiro fizeram reverência. Eles saíram do picadeiro com uma série de cambalhotas elaboradas e foram para sua tenda.

Artemis levou o punho direito à boca. Preso na palma havia um microfone minúsculo, do tipo usado pelo serviço secreto dos Estados Unidos. Um fone da cor da pele estava enfiado em seu ouvido direito.

— Butler — falou em voz baixa, já que o microfone era sensível a sussurros. — Os Significativos saíram do circo. Devemos executar o plano B.

— Positivo — disse a voz de Butler em seu ouvido.

Claro que havia um plano B. O plano A podia ser perfeito, mas o anão que o executava certamente não era. O plano B envolvia o caos e a fuga, de preferência com a Tiara Fei Fei. Artemis foi rapidamente pela fileira de lugares enquanto a segunda caixa era baixada no centro do picadeiro. À sua volta crianças e pais estavam fixos no melodrama que se desenvolvia diante deles, sem saber do drama muito real que era representado a menos de vinte metros dali.

Artemis se aproximou da tenda dos anões, mantendo-se nas sombras.

Os Significativos trotavam adiante dele, em grupo. Dentro de segundos entrariam na tenda e descobririam que as coisas não estavam como deviam. Haveria atrasos e confusão, ao mesmo tempo que os contrabandistas de joias provavelmente viriam correndo, com seus seguranças armados. Esta missão teria de ser terminada ou abortada nos próximos segundos.

Artemis escutou vozes na tenda. Os Significativos também as ouviram e pararam. Não deveria haver vozes. Sergei estava sozinho, e se não estava, havia algo errado. Um anão se arrastou de barriga até a porta de lona, espiando dentro. O que quer que tenha visto obviamente o perturbou, porque ele se arrastou de volta rapidamente até o grupo e começou a dar instruções frenéticas. Três anões entraram pela porta da frente, um escalou a tenda e o outro abriu a aba do traseiro e foi para o subterrâneo.

Artemis esperou alguns segundos, depois se esgueirou até a porta da tenda. Se Palha ainda estivesse lá, alguma coisa teria de ser feita para tirá-lo, mesmo que isso significasse sacrificar o diamante. Encostou o corpo na lona esticada e espiou dentro. Ficou surpreso com o que viu. Surpreso mas não espantado, na verdade deveria ter esperado por isso. Holly Short estava de pé acima de um anão caído, que poderia ser Palha Escavator. Os Significativos estavam se aproximando dela, com adagas nas mãos.

Artemis levou o rádio à boca.

— Butler, a que distância você está, exatamente?

Butler respondeu de imediato:

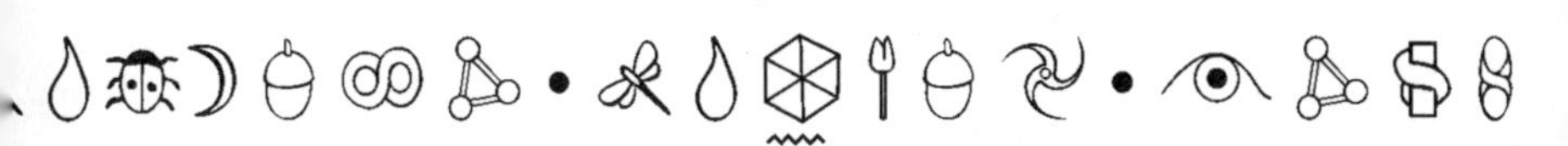

— No perímetro do circo. Quarenta segundos, não mais.

Em quarenta segundos Holly e Palha estariam mortos. Ele não poderia permitir isso.

— Tenho de entrar — falou tenso. — Quando chegar aqui, modere o plano B segundo a necessidade.

Butler não perdeu tempo discutindo.

— Positivo. Faça com que eles fiquem falando, Artemis. Prometa o mundo e tudo que há por baixo. A cobiça vai manter você vivo.

— Entendido — disse Artemis, entrando na tenda.

— Bem, bem, bem — disse Derph, o assistente de Sergei. — Parece que a lei finalmente nos encontrou.

Holly pôs o pé no peito de Palha, prendendo-o no chão. Em seguida apontou a arma para Derph.

— Isso mesmo, eu sou do Recon, o Resgate vai chegar em segundos. Aceitem isso e se deitem de costas.

Derph jogou sua adaga de uma mão para a outra, num movimento casual.

— Acho que não, elfo. Nós levamos esta vida há quinhentos anos, e não planejamos parar agora. Solte o Sergei e nós iremos embora. Não é preciso que ninguém se machuque.

Palha percebeu que os outros anões acreditavam que ele era Sergei. Talvez ainda houvesse uma saída.

— Fiquem onde estão — ordenou Holly com mais coragem do que sentia. — Vai ser uma pistola contra facas, vocês não podem vencer.

Derph sorriu através da barba.

— Nós já vencemos.

Com o tipo de sincronização decorrente de séculos de trabalho em equipe, os anões atacaram juntos. Um saltou das sombras no alto da tenda, enquanto outro rompia o chão de terra, com as mandíbulas arreganhadas e o vento de túnel jogando-o a um metro no ar. A vibração da voz de Holly tinha-o atraído, assim como os chutes de um nadador atraem um tubarão.

— Cuidado! — guinchou Palha, não querendo deixar os Significativos cuidarem de Holly, mesmo ao preço de sua liberdade. Ele podia ser ladrão, mas percebeu que era só até aí que desceria.

Holly ergueu os olhos, dando um tiro que estonteou o anão que vinha descendo. O segundo atacante cravou os dentes na arma, quase levando a mão junto, depois envolveu os ombros de Holly com os braços poderosos, fazendo o ar sair de seu corpo. Os outros chegaram em cima.

Palha saltou de pé.

— Esperem, irmãos. Nós precisamos interrogar o elfo. Descobrir o que a LEP sabe.

Derph não concordou.

— Não, Sergei. Faremos como sempre. Enterrar a testemunha e ir adiante. Ninguém pode nos pegar no subterrâneo. Nós apanhamos as joias e vamos embora.

Palha deu um soco debaixo do braço do anão que estava agarrando Holly, num lugar onde os anões tinham um amontoado de nervos. Ele a soltou, e ela caiu ofegante no chão.

— Não — rosnou ele. — Eu sou o líder aqui! Esta é uma oficial da LEP. Se nós a matarmos, mil outros virão na nossa pista. Vamos amarrá-la e deixar aqui.

Derph se retesou de súbito, apontando a ponta da adaga para Palha.

— Você está diferente, Sergei. Todo esse papo de poupar elfos. Deixe-me ver você sem máscara.

Palha recuou um passo.

— O que você está dizendo? Você pode ver meu rosto mais tarde.

— A máscara! Agora! Ou verei também suas entranhas, além do rosto.

E de repente Artemis estava na tenda, andando como se fosse dono do lugar.

— O que está acontecendo aqui? — perguntou com um sotaque decididamente alemão.

Todos os rostos se viraram para ele. O garoto estava magnético.

— Quem é você? — perguntou Derph.

Artemis fungou.

— Quem sou eu, o baixinho pergunta. Vocês não convidaram meu patrão a vir de Berlim para cá? Meu nome não é importante. Vocês só precisam saber que eu represento o Sr. Ehrich Stern.

— S... s... senhor Stern, claro — gaguejou Derph.

Ehrich Stern era uma lenda no ramo das pedras preciosas e de como se livrar delas ilegalmente. Também se livrava de pessoas que o desapontavam. Tinha sido convidado ao leilão da tiara e estava sentado na terceira fila, como Artemis bem sabia.

— Nós viemos aqui fazer negócios, e em vez de profissionalismo achamos algum tipo de rixa entre anões.

— Não há rixa — disse Palha, ainda fazendo o papel de Sergei. — Só um pequeno desentendimento. Nós estamos decidindo como nos livrar de uma convidada que não foi bem-vinda.

De novo Artemis fungou.

— Só há um modo de se livrar de convidados que não são bem-vindos. Como um favor especial, nós faremos o serviço para vocês, descontando do preço da tiara, claro. — Ele parou incrédulo, com os olhos se arregalando. — Diga que não é ela — falou, pegando a tiara no chão, onde Holly a havia largado. — Ela está na terra, como qualquer pedra comum. Isto é realmente um circo.

— Ei, vá com calma — disse Palha.

— E o que é isso? — perguntou Artemis, apontando para o capacete de Palha no chão.

— Não sei — disse Derph. — É um capacete da LEP... quero dizer, o capacete da intrusa. É o capacete dela.

Artemis balançou um dedo.

— Acho que não, a não ser que sua pequena intrusa tenha duas cabeças. Ela já está usando um capacete.

Derph fez a matemática.

— Ei, é isso mesmo. Então de onde veio esse capacete?

Artemis deu de ombros.

— Eu acabo de chegar, mas imagino que haja um traidor entre vocês.

Palha lançou um olhar para Artemis, através dos buracos da máscara.

— Muito obrigado.

Os anões avançaram em semicírculo, com as facas levantadas.

Artemis entrou na frente do grupo.

— Esperem, homenzinhos — falou em tom imperioso. — Só há um modo de salvar esta operação, e certamente não será manchando a terra com sangue. Deixem estes dois com meu guarda-costas, e depois começaremos as negociações.

Derph sentiu cheiro de tramoia.

— Espere um minuto. Como vamos saber se você realmente está com Stern? Você entra aqui bem a tempo de salvar esses dois. É tudo muito conveniente, se me perguntar.

— Por isso ninguém perguntou — retrucou Artemis. — Porque você é um imbecil.

A adaga de Derph brilhou perigosamente.

— Eu já estou cheio de você, garoto. Acho que devemos nos livrar de todas as testemunhas e ir embora.

— Ótimo — disse Artemis. — Esta charada está começando a me entediar. — Ele levou a palma da mão à boca. — Hora do plano B.

Lá fora, Butler enrolou o cabo de suporte principal da tenda no pulso e puxou. Ele era um homem de força prodigiosa, e logo os grampos de metal começaram a deslizar para fora da lama que os prendia. A lona estalou, ondulando e rasgando. Os anões olharam boquiabertos para o pano que vinha tombando.

— O céu está caindo — gritou um que era particularmente idiota.

Holly se aproveitou da confusão súbita e pegou uma granada de atordoamento no cinto. Restavam segundos antes que os anões aceitassem o prejuízo e fossem para o subsolo. Assim que isso acontecesse tudo estaria terminado. Nada podia pegar um anão abaixo da superfície. Quando o Resgate chegasse os anões estariam a quilômetros de distância.

A granada era operada por estroboscópio, lançando uma luz forte em tal frequência, que um número demasiado de mensagens chegava ao cérebro de quem olhasse, desligando-o temporariamente. Os anões eram particularmente suscetíveis a esse tipo de arma, já que, para começar, tinham baixa tolerância à luz.

Artemis notou o globo prateado na mão de Holly.

— Butler — disse ao microfone. — Precisamos sair daqui! Agora. Canto nordeste.

Ele agarrou a gola de Palha, puxando-o para trás. Acima a lona vinha caindo, com a velocidade amortecida pelo ar preso embaixo.

— Vamos — gritou Derph. — Vamos agora. Deixem tudo e cavem.

— Vocês não vão a lugar algum — ofegou Holly, com a respiração raspando na traqueia machucada. Ela girou o temporizador, rolando a granada no meio dos Significativos. Era a arma perfeita contra anões. Brilhante. Nenhum anão podia resistir a qualquer coisa brilhante. Até Palha estava olhando a esfera luzidia, e teria continuado olhando até o clarão, se Butler não tivesse aberto um rasgo de um metro e meio na lona e puxado os dois.

— Plano B — grunhiu ele. — Da próxima vez vamos prestar mais atenção à estratégia de apoio.

— Deixe as recriminações para depois — disse Artemis rapidamente. — Se Holly está aqui, o apoio dela não deve estar longe.

Devia haver algum tipo de rastreador no capacete, alguma coisa que ele não tinha detectado. Talvez numa das camadas de tinta.

— O novo plano é o seguinte: com a chegada da LEP, devemos nos dividir agora. Vou fazer um cheque no valor da sua parte da tiara. Um vírgula oito milhões de euros, um bom preço para o mercado negro.

— Um cheque? Está brincando? Como é que eu vou confiar em você, garoto da lama?

— Acredite. Em geral eu não sou de confiança. Mas nós fizemos um trato, e eu não engano meus parceiros. Claro que você pode esperar que a LEP chegue e descubra sua milagrosa recuperação daquela coisa que costuma ser fatal, a morte.

Palha pegou o cheque.

— Se ele não bater, eu vou à mansão Fowl, e eu me lembro de como entrei. — Ele notou o olhar furioso de Butler. — Mas, obviamente, espero que não seja necessário.

— Não será. Confie em mim.

Palha desabotoou a aba do traseiro.

— É melhor que não seja. — Ele piscou para Butler. E sumiu, entrando na terra num jorro de pó, antes que o guarda-costas pudesse responder. E não foi sem tempo.

Artemis fechou o punho em volta do diamante azul do topo da tiara. Ele já estava solto do engaste. Agora só precisava ir embora. Simples. Deixar a LEP limpar a sujeira. Mas mesmo antes de ouvir a voz de Holly soube que não seria tão fácil. Nunca era.

— Não se mexa, Artemis — disse a capitã elfo. — Não hesitarei em atirar em você. Na verdade, estou bem ansiosa por isso.

Holly ativou o filtro polarizado do seu visor logo antes da detonação da granada. Era difícil se concentrar o bastante para fazer até mesmo essa operação simples. A lona estava balançando, os anões estavam abrindo as abas dos traseiros, e com o canto do olho ela notou Fowl desaparecendo por um corte na tenda.

Ele não escaparia de novo. Dessa vez ela conseguiria um mandado para uma limpeza mental e apagaria o Povo das Fadas permanentemente da memória do garoto irlandês.

Fechou os olhos, para o caso de a luz estroboscópica passar pelo visor, e esperou o estalo. Quando veio, o clarão iluminou a tenda como se a transformasse num abajur. Várias costuras fracas se queimaram, e faixas de luz branca saltaram para o céu como faróis da época de guerra. Quando abriu os olhos, os anões estavam inconscientes no chão. Um deles era o infeliz Sergei, que tinha conseguido subir de seu túnel bem a tempo para ser nocauteado. Holly procurou no cinto uma seringa hipodérmica de Sono/Busca. A seringa continha pequenas contas rastreadoras cheias de um sedativo forte. Quando as contas eram injetadas no sangue de uma criatura das fadas, ela podia ser rastreada em qualquer lugar do mundo, e nocauteada à vontade. Holly abriu caminho rapidamente pelas dobras de lona, aplicou a injeção nos seis anões e depois se arrastou até a porta. Agora Sergei e seu bando podiam ser presos a qualquer momento. Isso a deixava livre para perseguir Artemis Fowl.

Agora a tenda estava em volta de suas orelhas, sustentada por bolsões de ar preso. Holly precisava sair, ou o tecido desmoronaria totalmente em cima dela. Ativou as asas mecânicas às costas, criando seu próprio pequeno túnel de vento, e voou passando pela porta, com as botas raspando o chão.

Fowl estava se afastando com Butler.

— Não se mexa, Artemis — gritou ela. — Não hesitarei em atirar em você. Na verdade estou bem ansiosa por isso.

Esse era um papo de briga, cheio de coragem e confiança. Duas coisas cujo suprimento era pequeno, mas pelo menos ela parecia pronta para lutar.

Artemis se virou lentamente.

— Capitã Short. Você não parece estar muito bem. Talvez devesse receber cuidados médicos.

Holly sabia que estava horrível. Podia sentir sua magia das fadas curando os ferimentos nas costelas, e a visão ainda estava entrecortada por causa dos excessos da granada de atordoamento.

— Eu estou bem, Fowl. E ainda que não esteja, o computador no meu capacete pode disparar esta arma sozinho.

Butler deu um passo para o lado, dividindo o alvo. Sabia que Holly teria de atirar primeiro nele.

— Não se incomode, Butler — disse ela. — Eu posso derrubar você e depois pegar o garoto da lama quando quiser.

Artemis fez "tsk tsk".

— Tempo é uma coisa que você não tem. Os funcionários do circo já estão vindo. Dentro de segundos estarão aqui, seguidos de perto pela plateia. Quinhentas pessoas se perguntando o que está acontecendo.

— E daí? Eu vou estar escondida pelo escudo.

— Então não há como você me pegar. E mesmo que houvesse, duvido de que eu tenha violado alguma lei do Povo das Fadas. Só fiz roubar uma tiara humana. Sem dúvida a LEP não se envolve em crimes humanos. Eu não posso ser responsabilizado por criminosos do Povo das Fadas.

Holly lutou para manter a mão firme com a arma. Artemis estava certo. Ele não tinha feito nada para amea çar o Povo. E os gritos do pessoal do circo estavam ficando mais altos.

— Então veja, Holly, você não tem escolha, além de deixar que eu vá.

— E quanto ao outro anão?

— Que anão? — perguntou Artemis inocentemente.

— O sétimo anão. Havia sete.

Artemis contou nos dedos.

— Acho que eram seis. Só seis. Talvez com toda a agitação...

Holly fez uma carranca por trás da máscara. Sem dúvida deveria haver alguma coisa a salvar nisso tudo.

— Entregue a tiara. E o capacete.

Artemis rolou o capacete pelo chão.

— O capacete, certamente. Mas a tiara é minha.

— Entregue — gritou Holly, com autoridade em cada sílaba. — Entregue ou eu vou atordoar vocês dois e vocês podem se arriscar com Ehrich Stern.

Artemis quase sorriu.

— Parabéns, Holly. Um golpe de mestre. — Ele pegou a tiara no bolso, jogando-a para a oficial da LEP. — Agora você pode informar que acabou com uma gangue de anões ladrões de joias e que recuperou a tiara roubada. Uma bela medalha no peito, não é?

As pessoas estavam vindo. Os pés batiam forte na terra.

Holly ajustou as asas para pairar.

— Vamos nos encontrar de novo, Artemis — disse ela, elevando-se.

— Eu sei. Estou ansioso por isso.

Era verdade. Ele estava.

Artemis viu sua nêmesis se erguer suavemente no céu noturno. E no momento em que a multidão apareceu na esquina ela vibrou, sumindo do espectro visível. Só restou um retalho de estrelas na forma de um elfo.

Holly realmente torna as coisas interessantes, pensou ele, fechando o punho em volta da pedra no bolso. Será que ela vai notar a troca? Será que vai olhar de perto o diamante azul e notar que ele é meio oleoso?

Butler lhe deu um tapinha no ombro.

— Hora de ir — disse o serviçal gigante.

Artemis assentiu. Butler estava certo, como sempre. Quase sentiu pena de Sergei e dos Significativos. Eles achariam que estavam em segurança até que o esquadrão de Resgate chegasse para levá-los.

Butler segurou seu patrão pelo ombro e o guiou para as sombras. Em dois passos estavam invisíveis. Encontrar a escuridão era um talento de Butler.

Artemis olhou para o céu uma última vez. Onde estará a capitã Short agora?, pensou. Em sua mente ela sempre estaria ali, olhando por cima do seu ombro, esperando que ele escorregasse.

EPÍLOGO: MANSÃO FOWL

ANGELINE Fowl estava sentada, curvada sobre a penteadeira, e lágrimas se juntavam no canto dos olhos. Hoje era o aniversário do seu marido. O pai do pequeno Arty. Desaparecido há mais de um ano, e cada dia tornava sua volta mais improvável. Todos os dias eram difíceis, mas este era quase impossível. Ela passou o dedo esguio por uma fotografia na penteadeira. Artemis pai, com os dentes fortes e os olhos azuis. Um azul espantoso, uma cor que ela nunca vira antes ou depois, a não ser nos olhos do filho. Foi a primeira coisa que havia notado nele.

Artemis entrou no quarto, hesitante. Um pé ficou do lado de fora da porta.

— Arty, querido — disse Angeline, enxugando os olhos. — Venha cá. Me dê um abraço, eu estou precisando.

Artemis andou sobre o tapete grosso, lembrando-se das muitas vezes em que tinha visto o pai emoldurado pela janela.

— Eu vou encontrá-lo — sussurrou assim que estava nos braços da mãe.

— Eu sei que vai, Arty — respondeu Angeline, com medo de pensar em até que ponto seu filho extraordinário iria. Com medo de perder Artemis.

Artemis recuou.

— Tenho um presente para você, mamãe. Uma coisa para você se lembrar, e para lhe dar forças.

Ele tirou uma corrente de ouro do bolso do peito. Pendurado nela estava o mais incrível diamante azul. A respiração de Angeline ficou presa na garganta.

— Arty, é incrível. Espantoso. A pedra é exatamente da mesma cor...

— Dos olhos de papai — completou Artemis, prendendo o fecho no pescoço da mãe. — Achei que você gostaria.

Angeline segurou a pedra com força, agora com as lágrimas correndo livres.

— Nunca vou tirá-lo.

Artemis deu um sorriso triste.

— Confie em mim, mamãe, eu vou achá-lo.

Angeline olhou o filho, espantada.

— Sei que vai, Arty — disse de novo. Mas dessa vez acreditou.

Este livro foi composto na tipologia Agaramond,
em corpo 12/16 e impresso em papel off-set
90 g/m², na Índia.